Baisers à une princesse

REBECCA WINTERS

Baisers à une princesse

AZUR

HARLEQUIN

Collection : Azur

Titre original :
SECOND CHANCE WITH HIS PRINCESS

HARPERCOLLINS FRANCE
83-85, boulevard Vincent-Auriol, 75646 PARIS CEDEX 13
Service Lectrices — Tél. : 01 45 82 47 47 - www.harlequin.fr
ISBN 978-2-2804-9172-3 — ISSN 0993-4448

Composé et édité par HarperCollins France.
Imprimé en octobre 2023 par CPI Black Print (Barcelone)
en utilisant 100% d'électricité renouvelable.
Dépôt légal : novembre 2023.

MIXTE
Papier issu de sources responsables
FSC® C159065

Pour limiter l'empreinte environnementale de ses livres, HarperCollins France s'engage à n'utiliser que du papier fabriqué à partir de bois provenant de forêts gérées durablement et de manière responsable.

Prologue

Scuol, canton de Graubünden, Suisse, fin avril

Le dernier vendredi d'avril, à quelques minutes de la sonnerie marquant la fin des cours de la matinée, le haut-parleur du lycée public de Scuol diffusa une annonce.

« Salut, les mordus de ski ! Ne tardez pas à vous rassembler derrière notre établissement où le bus nous attend. Il faut atteindre le sommet avant que la neige ne tourne à la soupe ! »

La voix profonde de Luca Torriani fit frémir Bella Baldasseri jusqu'au plus intime de son corps.

Non seulement Luca était un brillant étudiant, mais il présidait le club de ski. Son agilité sur les pistes avait été remarquée dans le monde du ski professionnel. À dix-huit ans à peine, il faisait même partie de l'équipe nationale suisse qui s'entraînait pour les jeux Olympiques.

Depuis toujours, il était le meilleur ami de son frère Vincenzo, et il lui rendait fréquemment visite au palais. Bella avait passé le plus clair de son enfance avec eux, et elle avait toujours eu un faible pour ce beau garçon brun.

« Un faible », vraiment ? Pour tout dire, elle était follement amoureuse de lui, et jamais aucun autre homme ne compterait pour elle. Jamais...

Plongée dans ses pensées, elle n'avait pas entendu la sonnerie, mais déjà les élèves se levaient.

— Bella, je peux m'asseoir à côté de toi dans le bus ? lui demanda sa copine Margite, l'arrachant à ses pensées.

Elle avait espéré que Luca viendrait s'asseoir à côté d'elle dans le bus, mais elle ne pouvait pas dire non à son amie qui brûlait pour Vincenzo d'une passion non partagée.

— Bien sûr. Dépêchons-nous d'aller chercher nos skis.

Comme Margite, elle avait déjà endossé sa tenue. Après avoir remis ses bagages au chauffeur qui les rangeait dans le coffre latéral du bus, elle choisit à dessein une place située à l'arrière, où Luca et son frère avaient coutume de s'asseoir.

Le bus se remplit très vite, et elle les aperçut bientôt en train de descendre l'allée centrale, parlant à tout le monde. Puis les yeux verts de Luca se posèrent sur elle, et son regard hypnotique la fascina une fois de plus.

— Notre princesse est-elle prête à affronter la piste du Diable ?

Oh ! si seulement il pouvait s'abstenir de l'appeler « princesse » et la considérer comme une fille ordinaire !

— Tu verras bien, dit-elle en rougissant.

— Je l'espère, dit-il en lui adressant son merveilleux sourire, avant d'aller s'installer sur un siège du fond.

Vincenzo salua Margite mais alla s'asseoir à côté de Luca.

Vingt minutes plus tard, ils arrivaient à la station et descendaient du bus sous le soleil éclatant, prêts à affronter les pistes.

Bella eut la satisfaction de voir Luca décharger ses skis à elle en même temps que les siens, et ils les chaussèrent ensemble.

— On va bien s'amuser, dit-elle tandis qu'il lui tendait ses bâtons.

Après avoir mis ses lunettes de soleil et enfilé son casque et ses gants, elle était prête.

— On y va ? la pressa Luca. J'ai hâte de voir comment tu as amélioré ta technique.

Elle éclata de rire.

En matière de technique, elle n'était pas au top, et il le savait aussi bien qu'elle.

Son frère avait retrouvé d'autres amis. Il ne les rejoignit pas, ce dont elle fut ravie car elle rêvait de skier seule avec Luca.

Ils se dirigèrent donc vers la piste du Diable.

À sa surprise, elle découvrit à l'entrée un panneau qu'elle n'avait pas vu de tout l'hiver : « Risque d'avalanche ». Dans ces conditions, personne ne s'y était encore risqué.

Mais elle, elle allait montrer à Luca qu'elle en était capable.

— Tu es prêt à me suivre ? demanda-t-elle, le défiant du regard.

Il l'observa d'un air inquiet, comme s'il essayait de lire en elle.

— C'est dangereux, Bella. On ferait mieux d'aller au Chaudron de l'Évêque.

— Je préfère la piste du Diable.

C'était la favorite de Luca, elle le savait. Sans l'attendre, elle se mit à descendre.

— Bella, cria-t-il, reviens !

— Tu n'as qu'à venir me chercher, répondit-elle en riant, heureuse de le défier et sûre de sa réussite.

Elle avait commencé à skier avec Vincenzo et lui à neuf ans, et elle connaissait parfaitement la montagne. Avec le début du printemps, la neige s'était faite plus lourde, mais elle était divine, comme toujours.

Lorsqu'elle constata que Luca la suivait, elle éprouva une intense euphorie : savoir que le merveilleux Luca Torriani était à ses trousses rendait sa folle descente dix fois plus excitante...

Hélas, au bout de quelques secondes, un grondement assourdissant retentit au-dessus d'eux et le sol se mit à trembler sous ses skis.

— Bella ! hurla Luca, une avalanche !

Elle s'arrêta, releva la tête et découvrit qu'une masse énorme de neige mêlée d'arbres descendait du sommet juste au-dessus d'eux.

Luca la poussa par terre pour lui ôter ses skis et quitta les siens.

— Impossible d'éviter cette avalanche. Quand elle sera sur

nous, essaye de remonter à la surface, comme si tu nageais, les bras en l'air.

En voyant l'amas grondant de neige se rapprocher d'eux, elle s'accrocha à lui.

— Si nous devons mourir maintenant, je suis contente d'être avec toi. Je t'aime, Luca.

Il la serra dans ses bras pour l'embrasser sur la bouche.

— Moi aussi, Bella, je t'aime, et je t'aimerai toujours. Tiens bon, ça arrive sur nous.

Elle sentit la neige pénétrer dans ses narines et la recouvrir.

— Luca ! cria-t-elle avant d'avoir le souffle coupé.

Lorsqu'elle reprit conscience, il faisait nuit, et elle se trouvait à l'hôpital de Scuol, une perfusion fixée au bras.

— *Luca ? Luca ?*

— Non, chérie. Dieu merci, tu es réveillée.

Sa mère était assise à son chevet, plus pâle qu'elle ne l'avait jamais vue.

— Ne t'en fais pas, maman, je vais bien.

— Quel miracle que tu t'en sois sortie sans être blessée !

— C'est grâce à Luca.

— Le médecin pense que tu seras tout à fait rétablie demain matin et que tu pourras rentrer à la maison s'il n'y a pas de complications Ton père est en train de s'entretenir avec lui dans le hall.

— Où est Vincenzo ?

— Leonardo lui a demandé de venir à San Vitano pour lui confier une mission spéciale. Je ne sais pas combien...

— Et Luca, comment va-t-il ? Je t'en supplie, dis-moi qu'il n'a rien. Je ne pourrais pas supporter qu'il...

— Il est vivant, mais il a passé tout l'après-midi en salle d'opération.

« Tout l'après-midi » ? Elle était donc restée si longtemps inconsciente ?

— Que lui est-il arrivé ? Dis-moi tout !

— Sa jambe droite a été écrasée par un arbre. Mais les secours sont arrivés très vite, et vous avez été hélitreuillés tous les deux jusqu'ici.

Bella aurait voulu mourir de honte.

— Tu sais s'il pourra recommencer à skier un jour ? s'enquit-elle d'une voix étranglée.

— Non. Le médecin espère seulement qu'il pourra remarcher un jour.

En apprenant cette nouvelle, elle sentit son cœur se glacer.

— Le médecin espère... ?

Anéantie par le chagrin et la culpabilité, elle enfouit son visage dans son oreiller.

— Maman, c'est ma faute s'il est dans cet état ! dit-elle en sanglotant. Il a voulu m'empêcher de prendre la piste du Diable. Il a même essayé de m'arrêter, et comme je continuais, il s'est cru obligé de me suivre. Lui, il voulait qu'on aille au Chaudron de l'Évêque, mais je ne l'ai pas écouté, alors il m'a suivie.

— Ne te fais pas trop de reproches. Le ski de printemps, c'est dangereux. Tu n'aurais jamais dû prendre cette piste interdite.

— Mais je l'ai prise, et quand nous avons vu venir l'avalanche, il m'a sauvé la vie en m'expliquant ce que je devais faire. Oui, il m'a sauvée ! Tu ne peux pas savoir comme je l'aime, avoua t-elle, complètement anéantie.

— Je l'ai toujours su.

Évidemment. Sa mère savait toujours tout.

— Quand pourrai-je le voir ?

— Tu ne le pourras pas.

— Que veux-tu dire ?

— Dès que ce sera possible, on va le transporter en Angleterre où un spécialiste réputé tentera de réparer sa jambe. Mais ce serait un autre miracle.

— Luca va être transporté en Angleterre ? gémit-elle, paniquée. Pour combien de temps ?

— Peut-être un an, car la rééducation sera très longue. Sans parler de tout ce que ça implique.

Cette révélation la terrassa.

— En réalité, son état est bien pire que tu ne me l'as dit. Tu me caches quelque chose, n'est-ce pas ?

— Je t'ai dit tout ce que j'en sais.

— Je vais lui envoyer un message pour lui demander de m'appeler dès qu'il pourra.

— Pour le moment, il est impossible de le joindre. D'ailleurs, il vaudrait mieux te concentrer sur ta propre guérison et oublier ce qu'il s'est passé.

— Que veux-tu dire ?

Sa mère la dévisagea d'un regard peu amène.

— Il est temps que tu comprennes ce qu'on attend de toi, Bella. Tu es une princesse Baldasseri, ton destin, comme tu l'as toujours su, c'est d'épouser un prince qui convienne à ta condition. Tu as sûrement pressenti que Luca Torriani n'a rien à faire dans le paysage.

Bella eut l'impression d'être poussée dans le vide, sans rien où se raccrocher.

— Tu veux dire que...

— Tu m'as parfaitement comprise.

Malgré sa faiblesse, elle s'assit et s'agrippa au drap.

— En d'autres termes, père et toi, vous m'interdisez de revoir Luca ?

Un étrange sourire éclaira le visage de sa mère.

— Exactement. Je suis heureuse de constater que nous nous sommes enfin comprises. Luca n'est pas de sang royal. Et maintenant, je vais aller chercher le médecin et ton père.

Consumée de chagrin et de rage, Bella regarda sa mère sortir de la pièce.

Ce qu'exigeaient ses parents était une horreur. Un acte barbare. Elle n'aurait même plus la possibilité de contacter Luca pour reconnaître qu'elle était entièrement responsable de cette tragédie. Mais elle voulait absolument lui demander pardon.

Je veux l'aider. Je l'aime.

Où était Vincenzo ? Il fallait que son frère transmette un message de sa part à Luca. Quand allait-il revenir au palais ?

Le médecin et ses parents revinrent dans sa chambre, mais Luca occupait toutes ses pensées.

Désespérée, elle laissa sa tête rouler sur l'oreiller.

1

Berne, Suisse, dix ans plus tard

Bella Baldasseri lissait nerveusement sa robe de mousseline couleur lavande.

En ce jour de fête où Vincenzo allait épouser sa Francesca Visconti adorée, elle allait enfin revoir Luca Torriani, l'homme dont elle avait ruiné la vie dix années plus tôt.

Durant tout ce temps, il ne s'était pas passé une journée sans qu'elle repense douloureusement à l'inconséquence dont elle avait fait preuve. Ce bref moment d'imprudence où elle avait voulu impressionner le garçon qu'elle aimait par sa témérité avait définitivement détruit les rêves du jeune homme. Et aussi les siens, car jamais plus elle n'avait pu lui parler ni solliciter son pardon.

Après avoir quitté l'hôpital, elle avait tenté de lui téléphoner, sans résultat, puis de lui écrire, lettre après lettre, le suppliant de l'appeler pour qu'elle puisse lui présenter des excuses. Jamais il ne lui avait répondu, ce qui prouvait à quel point il la détestait, comme il en avait d'ailleurs le droit.

Elle avait harcelé son frère pour qu'il découvre ce que devenait Luca, mais quand Vincenzo était rentré de San Vitano, une semaine après l'accident, il n'avait pas pu lui en dire plus, car il était lui aussi sans nouvelles de son ami. Adolescents, ils avaient été inséparables mais, après le départ de Luca pour l'Angleterre, tout avait changé. Vincenzo était parti à la fac et il prétendait qu'il n'avait plus de contact avec son ancien ami qu'au téléphone, de loin en loin. Il savait seulement que, grâce au chirurgien anglais qui avait accompli un travail extraordinaire, il avait pu remarcher.

Peu à peu, elle avait bien dû accepter la réalité : Luca ne voulait plus avoir aucun contact avec eux.

Cependant, il avait accepté d'être le témoin de mariage de son frère. Donc, aujourd'hui, peut-être aurait-elle enfin l'occasion de dire à Luca combien elle était triste et d'implorer son pardon ?

Cette faute de jeunesse impardonnable avait assombri sa vie, le palais royal lui semblait une prison. Tout comme à Vincenzo, d'ailleurs, à en croire ses confidences : leurs parents avaient organisé ses fiançailles avec la princesse Valentina Visconti, qu'il n'aimait pas. Quand celle-ci avait rompu, il s'était trouvé enfin libre d'épouser la femme qu'il avait choisie, lui. Mais leur mère n'avait pas voulu lui donner sa bénédiction jusqu'à ce qu'elle connaisse la raison de la rupture.

Elle savait tout ce que Francesca représentait pour son frère, et elle était très heureuse pour eux. Sa future belle-sœur lui avait demandé d'être sa demoiselle d'honneur, et elle l'adorait déjà. Elles étaient allées à Berne avec leurs mères et la princesse Luna pour trouver la robe de mariée de Francesca. Après avoir déniché la tenue idéale pour la mariée, les demoiselles d'honneur avaient eu le coup de cœur pour des robes de mousseline rose, pourpre et parme. Une journée très agréable.

Depuis la mort de son père, un an plus tôt, Bella avait fait tout son possible pour satisfaire aux exigences de sa mère. Elle avait accepté de rencontrer plusieurs princes, et en particulier Antoine Beaufort d'Orléans, un Français très séduisant qui lui avait fait une cour en règle durant les derniers mois. Trois jours plus tôt, ils s'étaient même donné rendez-vous à Genève pour aller dîner et danser sur une terrasse qui dominait le lac. Antoine avait alors déclaré qu'il était amoureux d'elle.

— Veux-tu m'épouser ? lui avait-il demandé en la fixant d'un regard plein d'anxiété.

Elle avait été plus émue qu'elle ne l'aurait cru et avait mesuré combien elle s'était attachée à lui.

Cela faisait des années que leurs familles se connaissaient, et leurs deux mères rêvaient de les voir se marier, elle le savait. Antoine méritait toute son attention, mais elle ne pourrait pas avoir les idées claires tant qu'elle n'aurait pas revu Luca pour lui dire définitivement adieu et lui présenter ses plus sincères excuses.

— Tonio, je ne m'attendais pas à ce que tu me poses déjà cette question, mais je suis certaine que tu serais un merveilleux mari. Peux-tu me laisser quelque temps pour y réfléchir ? Mon frère doit se marier le prochain week-end, après quoi je vais partir pour une semaine dans le cadre d'une campagne caritative de mon ONG. Quand ce sera terminé, je t'appellerai, et nous nous donnerons rendez-vous quelque part pour discuter de nos sentiments... et de tout le reste.

Antoine avait fait grise mine.

— Je dois reconnaître que je suis déçu que tu réserves ta réponse. Je veux bien attendre une semaine, mais pas plus.

— Je comprends, Tonio, et je te promets de t'appeler. Tu es vraiment l'homme idéal dont rêvent toutes les femmes.

Elle était sincère, elle savait que si elle acceptait de l'épouser, il ferait un mari parfait.

Mais le lendemain, quand elle avait repris l'avion pour Scuol, elle n'était pas parvenue à se concentrer sur la demande en mariage d'Antoine, tellement elle avait l'esprit ailleurs. Dans son cœur, la blessure provoquée par sa propre culpabilité et par l'indifférence de Luca ne s'était jamais refermée. L'avalanche qui avait mis fin aux rêves olympiques du garçon qu'elle aimait avait aussi brisé sa vie à elle. Irrévocablement.

Aujourd'hui, il fallait absolument qu'elle lui parle après la cérémonie, qu'elle lui ouvre son cœur. C'était sa seule chance de lui demander pardon. Elle se devait de le faire, même s'il la haïssait pour le mal qu'elle lui avait fait. Peut-être alors pourrait-elle dépasser le sentiment de culpabilité et de désolation qui la ravageait, et dire oui à Antoine.

Les médias laissaient déjà entendre qu'un autre mariage – le leur – pourrait suivre celui de son frère...

Elle espérait que, après avoir revu Luca, elle aurait la force de laisser enfin le passé derrière elle et de tomber vraiment amoureuse d'Antoine. Pour l'instant, elle avait besoin d'être sûre que ses sentiments actuels n'étaient que le solde d'une amourette d'adolescente. Ce ne pouvait être rien d'autre. D'ailleurs, le fait qu'il ne l'ait jamais recontactée en dix ans prouvait que l'attirance qu'elle éprouvait à son égard n'était pas partagée. Toute autre pensée serait une folie. Le baiser qu'ils avaient échangé ce jour-là, dans la montagne, n'avait été que la réaction à une situation de crise où ils avaient frôlé la mort.

Une limousine attendait pour les conduire à la cathédrale, elle, sa mère et ses grands-parents paternels.

Quel dommage que ses grands-parents maternels n'aient pas pu assister au mariage de Vincenzo ! Elle les aimait beaucoup. Autrefois, ils venaient souvent à Scuol. Hélas, son grand-père, le prince Alfonsu Cossu, était mort quatre ans plus tôt dans un terrible accident de la route qui avait laissé sa grand-mère la princesse Caderina Melis Cossu paralysée des deux jambes. Malade et invalide, elle s'était retirée dans son palais de Sardaigne où la famille allait régulièrement lui rendre visite.

Pour éviter une soudaine averse d'été, ils se hâtèrent de pénétrer dans la cathédrale et de s'asseoir sur le banc le plus proche de l'autel. Quelques minutes plus tard, tandis que le son de l'orgue envahissait le chœur, la princesse Luna, épouse adorée et enceinte de son cousin le prince Rinieri, les rejoignit, vêtue d'une robe de mousseline rose.

Tandis que les invités emplissaient peu à peu la nef, Bella, mal à l'aise, s'agitait sur son banc, guettant l'apparition de Luca. Son cœur se mit à battre plus vite au moment où l'évêque entra par une porte latérale, suivi de quatre hommes de belle allure : Vincenzo et Rinieri en uniforme de la marine royale soutaché d'or, le frère de Francesca, Rolf, et Luca en smoking noir avec à la boutonnière une rose blanche assortie au bouquet de la mariée.

Luca, le skieur de dix-huit ans, l'adolescent qu'elle avait tant aimé et dont elle avait rêvé si longtemps, était devenu un homme. Avec sa haute taille, sa chevelure sombre et sa barbe naissante, il était si beau qu'elle en eut le souffle coupé. En le voyant s'avancer, elle sentit des larmes couler sur ses joues.

Les quatre hommes prirent place dans le chœur, et le maître de cérémonie fit signe aux dames de s'avancer.

Heureusement que Luna lui tapota discrètement l'épaule au passage, sinon elle serait restée assise, comme sous hypnose.

Si Luca l'aperçut alors, il n'en manifesta aucun signe.

Le cœur serré, elle se souvint en cet instant crucial que son frère avait sympathisé avec Antoine et qu'il espérait que leur relation aurait une heureuse issue. Vincenzo le lui avait dit. En revanche, concernant Luca, il ne lui avait fourni aucun renseignement, sauf que celui-ci était toujours célibataire...

Elle retint un soupir.

Cela ne voulait pas dire qu'il n'entretenait pas une liaison avec quelque beauté. Au lycée, toutes les filles étaient folles de lui, et un simple regard avait suffi à la convaincre qu'il avait toujours l'embarras du choix. L'idée qu'il puisse fréquenter une autre femme la rendait positivement malade, mais elle ne savait ni où il vivait, ni ce qu'il avait fait durant toutes ces années, ni où il travaillait. Rien !

Au son de la marche nuptiale, Francesca remonta l'allée au bras de son père, rayonnante de bonheur.

Bella sentit son cœur se serrer.

Elle aurait tout donné tout pour pouvoir s'avancer ainsi avec son père vers Luca. Mais cela ne pourrait jamais être. La phrase prononcée dix ans plus tôt par sa mère lui revint à l'esprit : « Tu es une princesse Baldasseri, ton destin, comme tu l'as toujours su, c'est d'épouser un prince qui convienne à ta condition. »

L'évêque commença son discours.

— Vous pouvez vous asseoir. Que les futurs mariés s'approchent de moi, main dans la main. Nous allons commencer par une prière.

La mère de Francesca prit le bouquet que tenait sa fille, les trois jeunes femmes s'assirent du côté de la mariée et les hommes de l'autre.

Bella avait du mal à éloigner Luca de ses pensées.

Sa réapparition ravivait chez elle un trouble aussi vif que dix ans plus tôt. Dès que ses yeux s'étaient posés sur lui, elle avait compris qu'il n'était pas une simple toquade d'adolescente, mais l'incarnation de ses rêves de femme. À présent, même en se penchant, elle avait du mal à le voir. Pour le contempler tout à loisir, elle devrait attendre la réception à la villa Visconti, après la cérémonie.

En entendant Francesca promettre d'aimer et d'honorer Vincenzo aussi longtemps qu'ils vivraient, elle éprouva une profonde amertume en songeant à ses propres sentiments. Surtout quand son frère ajouta « et même après », ce qui n'était pas prévu. Amoureux comme il l'était de la jeune vétérinaire, sa joie était éclatante.

Tandis que les mariés redescendaient l'allée pour recevoir les félicitations des invités, Luca Torriani suivit l'évêque dans la sacristie.

De cette façon, il pourrait sortir de la cathédrale par la porte latérale, éviter la foule des invités et disparaître en taxi.

Lorsque Vincenzo l'avait supplié d'être témoin à son mariage, il avait accepté, même si cela lui coûtait énormément. Et la simple vue de la princesse Bella Baldasseri dans sa robe lavande avait suffi à anéantir tous les efforts qu'il s'était imposés depuis tant d'années pour tenter de l'oublier. Ces dix ans passés loin de Scuol n'y avaient rien fait. L'adolescente de seize ans qui aimait tant s'amuser était devenue une femme dans la plénitude de sa beauté. Au fil des années, il avait pu apercevoir de temps en temps sa photo dans la presse, et Vincenzo lui avait appris en passant, au cours d'une conversation téléphonique, qu'elle fréquentait un prince français. Plus récemment, elle était apparue dans les médias au côté d'Antoine d'Orléans, et cette vision lui avait broyé le cœur.

Au-delà de son physique, Bella Baldasseri exhalait une sensualité qui éclipsait toutes les femmes qu'il avait pu croiser ou connaître intimement. Contrairement à la plupart des collègues de son âge qui étaient mariés et dont certains avaient déjà des enfants, jamais il n'avait pu envisager de se lier durablement à une autre femme. Et, après tant d'années passées sans avoir le moindre contact avec elle, il tenait absolument à quitter Berne au plus vite, conscient qu'elle produisait toujours le même effet sur lui.

Déçu qu'elle n'ait même pas cherché à le contacter après l'avalanche, il n'avait plus jamais eu de ses nouvelles. Vincenzo ne lui avait fourni aucune explication, et il s'était dit que l'intérêt qu'elle avait semblé lui manifester n'était qu'une simple foucade d'adolescente, ce qui expliquait le silence de son ami à ce sujet.

Il n'avait aucune envie d'être présent au mariage de Vincenzo, car cela impliquait qu'il la revoie, mais tous deux avaient été des frères de sang jusqu'à l'accident, et il se devait de faire une apparition à la réception avant de repartir au plus vite.

Vincenzo lui avait dit qu'il serait à la même table que Daniel Zoller, un vétérinaire qu'il appréciait beaucoup et qui soignait les chiens de son ami depuis des années dans sa clinique de Zernez. Luca avait d'autant plus aimé ces chiens qu'il ne pouvait pas en posséder un lui-même : d'abord un golden retriever, Rex, puis un bouvier bernois nommé Karl.

Vincenzo était fiancé à l'époque à la princesse Valentina Visconti. Par un curieux hasard, une cousine de celle-ci, le Dr Francesca Visconti, avait été recrutée sous le nom de Linard l'année précédente comme vétérinaire à la clinique Zoller. C'était elle qui avait pris soin de Karl lorsque Vincenzo l'y avait amené, et il avait eu le coup de foudre, bien que fiancé à Valentina. Après des années passées à remplir sans enthousiasme ses obligations princières, il méritait bien d'être enfin heureux. Jusque-là, sa vie avait été plutôt morose.

Quand son taxi atteignit la villa Visconti, Luca remarqua qu'une douzaine de photographes avaient déjà pris position pour couvrir l'événement. À la pensée qu'ils chercheraient aussi à prendre des photos de Bella avec son prince, il sentit son cœur se serrer.

Il demanda à son chauffeur de le déposer derrière le bâtiment. En attendant de voir arriver le Dr Zoller, il passerait quelques appels pour différer le plus longtemps possible le moment où il croiserait forcément Bella.

Les invités commençant à affluer, Luca s'appliqua à faire comme s'il attendait Daniel, mais il savait que la femme qui occupait toutes ses pensées depuis qu'il avait dix ans allait se montrer aussi, et il sentait son cœur battre la chamade.

Jamais il n'oublierait leur première rencontre. Vincenzo l'avait invité au palais, et en sortant pour aller jouer dehors, il avait aperçu Bella, alors âgée de huit ans, accroupie à côté d'un golden retriever couché dans l'herbe et qui geignait doucement.

En les entendant, elle avait relevé sa jolie tête blonde. Elle pleurait. Ses yeux ressemblaient à deux violettes humides de rosée.

— Rex a mal à la patte gauche, Vincenzo. Je l'ai trouvé couché dans l'herbe. Il nous faut l'aider. Je sais que tu peux le guérir.

— Je vais demander à papa de nous conduire chez le vétérinaire. Je reviens tout de suite.

Vincenzo s'était éloigné en courant, les laissant seuls.

— Comment tu t'appelles ? lui avait demandé Bella.

— Luca.

— Tu aimes les chiens ?

— J'aimerais bien en avoir un, mais c'est impossible, parce que ma mère est allergique.

— C'est triste. Mais tu peux venir ici quand tu voudras pour jouer avec Rex quand il ira mieux.

Il avait été immédiatement touché par sa gentillesse et par son affection pour le chien. Il était fils unique, et cette première rencontre avait été le début d'une amitié à trois qui avait duré jusqu'au jour de l'avalanche.

Ses pensées l'avaient ramené à un passé si lointain qu'il n'avait pas vu arriver le Dr Zoller. Tous les autres invités étaient sans doute déjà là – et Bella aussi.

Il respira un grand coup et fit le tour de la villa devant laquelle faisait barrage une foule de photographes qu'il ignora. La *signora* Visconti, mère de Francesca, l'accueillit sur le perron.

— Entrez, Luca, nous vous attendions.

— La cérémonie était très réussie, *signora*.

— C'est vrai, et Vincenzo est ravi que vous ayez pu y assister. Il m'a dit que vous seriez assis à côté du Dr Zoller et de sa femme, que vous connaissez. C'est au fond du hall, sur la gauche.

Une douzaine de tables emplissaient la pièce décorée de fleurs. Les invités avaient déjà pris leurs places, pour la plupart des inconnus, mais dans cette foule il avait au moins un ami dont la présence l'aiderait à se détendre.

Il se dirigea tout droit vers le vétérinaire assis au fond de la salle.

Ils étaient en train d'évoquer les chiens de Vincenzo quand le père de Francesca se leva pour faire un discours. En regardant dans sa direction, Luca repéra Bella, assise à la table où se trouvaient aussi le prince Rinieri et sa femme, la princesse Luna. Contrairement à ce qu'il craignait, Antoine Beaufort d'Orléans n'était pas à côté d'elle. La veille au soir, Vincenzo lui avait révélé qu'il trouvait cet homme très sympathique et qu'il serait une belle conquête pour sa sœur. Mais peut-être avait-il été retenu par ses obligations princières ? Des occupants de la table émanait une forme de splendeur royale qui lui déchira le cœur. À l'aise dans ce monde doré, Bella l'avait sans doute oublié depuis longtemps. Quelle bêtise de s'imaginer qu'elle ait jamais eu envie de le revoir !

Mieux valait donc tenter de se concentrer sur ce qu'il avait dans son assiette.

D'innombrables toasts suivirent, et Luca lui-même ne put y échapper. Il s'y était d'ailleurs préparé.

Il se leva, son verre de champagne à la main.

— Dante a écrit jadis qu'une faible étincelle peut provoquer un immense incendie. Apparemment, le jour où Vince a amené son chien malade à la clinique vétérinaire Zoller et y a rencontré le Dr Linard, son firmament s'est embrasé d'une flamme resplendissante. Mes chers amis, puisse votre félicité durer à jamais.

— Vous avez bien raison, lui murmura Daniel en souriant lorsqu'il se rassit. Sans elle, je ne sais pas ce que deviendrait notre clinique, et il va falloir que je rivalise avec Vince pour conserver son attention. Même si je sais bien qui va gagner.

Luca acquiesça rêveusement.

Francesca adorait son mari. Vincenzo était béni des dieux !

Il ne fallut pas longtemps aux jeunes mariés pour se préparer à partir. Avant de franchir le seuil, la mariée se retourna et jeta derrière elle son bouquet, qui retomba dans les mains de... Bella.

À dessein ?

Le cœur serré, Luca sortit lui aussi de la villa et s'arrêta sur le côté pour appeler un taxi.

La pluie tournait au crachin. Dès qu'il serait rentré à l'hôtel, il se changerait pour aller à l'aéroport.

Cinq minutes plus tard, il s'apprêtait à monter dans son taxi quand une main se posa sur son bras.

— Je peux t'accompagner ? murmura une voix tremblante derrière lui.

Une voix qu'il n'avait jamais oubliée.

2

Bella retint son souffle, attendant la réponse de Luca.

Il se retourna et la fixa de ses extraordinaires yeux verts qui hantaient ses rêves depuis tant d'années.

— Y êtes-vous autorisée, princesse ? questionna-t-il d'une voix glaciale qui pénétra comme une lame dans son cœur.

Bouleversée par son mépris, elle frémit, mais se refusa à s'enfuir tant qu'elle n'aurait pas mis à nu son âme.

— Je sais que j'ai ruiné ta vie et que tu as le droit de m'envoyer au diable.

— Que veux-tu dire exactement ?

— Tu sais parfaitement ce que j'ai fait, Luca. Je ne m'en suis jamais remise. S'il te plaît, écoute-moi. Je...

— *Signorina,* intervint le chauffeur, vous montez ou pas ?

— Bella, on bloque les autres voitures. Monte.

Luca l'aida à s'installer avec sa robe longue et se glissa à côté d'elle. Après avoir refermé la portière et dit au chauffeur où il devait les emmener, il se tourna vers elle.

— Et maintenant, explique-moi pourquoi tu t'imagines que tu as détruit ma vie. Qu'est-ce qui a pu te le faire croire ? lui demanda-t-il, sur un ton si détaché qu'elle en fut troublée.

— Inutile de jouer la comédie, Luca. Tu sais aussi bien que moi que tu m'avais avertie de ne pas emprunter la piste du Diable, et que je t'ai désobéi. Par bravade, pour te prouver que je n'avais pas peur.

— Une minute. Tu parles d'un événement qui s'est produit il y a si longtemps que c'est à peine si je m'en souviens.

— Comment peux-tu dire ça, alors que moi, j'y pense tous les jours ? s'écria-t-elle, les larmes aux yeux.

— Pourquoi ?

— Parce que, à cause de moi, tu as été pris dans cette avalanche qui a mis fin à ta carrière de skieur. Jamais je ne me le pardonnerai.

— Autant que je m'en souvienne, moi, ce jour-là, j'ai admiré ta témérité.

— Tu n'aurais pas dû. De toute façon, je jouais la comédie, balbutia-t-elle à travers ses larmes. Quand nous avons entendu le grondement et vu dévaler l'avalanche, tu t'es précipité vers moi pour m'aider. Par mon imprudence, je t'ai mis en danger, et je comprends pourquoi tu me détestes et pourquoi tu as refusé d'avoir le moindre contact avec moi depuis.

— « Refusé d'avoir le moindre contact » ? répéta-t-il, l'air perplexe. Jamais je ne t'ai fait aucun reproche.

Dans sa voix, elle retrouvait son cher vieux Luca, et elle avait terriblement envie de le croire.

— Tu aurais dû le faire. Par ma faute, tu n'as pas pu participer aux jeux Olympiques. J'en ai été malade.

Oubliant qu'elle n'avait plus seize ans, elle enfouit son visage entre ses mains en sanglotant, anéantie par le désir qu'il lui pardonne.

— Bella, c'est moi qui ai pris la décision de te suivre...

— Et tu en as subi les terribles conséquences ! Quand je me suis réveillée à l'hôpital, j'ai tout de suite demandé à mère de tes nouvelles. Elle m'a dit que tu allais être transporté en Angleterre où un chirurgien espérait pouvoir sauver ta jambe droite, mais que tu ne pourrais plus jamais skier. Ça m'a tuée. Comme nous étions encore dans le même hôpital, j'ai tout de suite essayé de te rendre visite, mais je n'ai pas eu le droit de le faire.

— Qui t'en a empêchée ? s'enquit Luca d'une voix rauque de colère.

— Ma mère, répondit-elle en s'essuyant les yeux, surprise par ce changement de ton. Elle a dit…

— Nous sommes arrivés, intervint le chauffeur, visiblement impatient.

Ils venaient de s'arrêter devant un hôtel.

Elle sortit et respira à pleins poumons l'air tiède de la nuit.

Luca la prit par la main.

— Viens, il faut que nous parlions tranquillement.

La main dans la main, ils allèrent jusqu'à l'ascenseur. Les gens s'arrêtaient de bavarder pour les regarder. Autour d'eux, tout le monde les observait, certains prenaient même des photos avec leur téléphone.

— Ne sois pas étonnée si tu vois une photo de nous à la une demain matin. Comment l'expliqueras-tu au prince Antoine alors qu'il paraît que vous allez vous marier ?

— Comme toujours, les journalistes donnent libre cours à leur imagination, Luca. Nous ne sommes pas encore fiancés. À cause du mariage de Vincenzo, ces photos vont se répandre dans le monde entier, mais ça m'est bien égal. Ma vie entière a toujours été un cauchemar, alors…

« Pas encore fiancés » ? « Un cauchemar » ? Pourquoi ? Tout cela n'avait pas de sens.

Luca referma sur eux la porte de sa suite.

— La salle de bains est au fond, dit-il. Pendant que tu te rafraîchis, je vais aller nous chercher à boire. Tu aimes toujours le sirop de grenadine ?

C'était ce qu'ils buvaient lors de leurs pique-niques en montagne.

— Oui, répondit-elle en lui adressant un sourire qui illumina son visage.

— En matière de goût, je n'ai rien contre la constance. Donc, deux grenadines. Et après, j'aimerais que nous parlions. Je reviens tout de suite.

Cela faisait des années qu'il attendait des réponses à certaines questions.

Elle ne l'avait plus jamais recontacté depuis ce jour fatal. Donc, elle n'avait plus pensé à lui, et elle était très liée à ce prince français que Vincenzo trouvait sympa. Elle avait beau dire, l'affaire était entendue... Sauf que lui-même en éprouvait une jalousie qui le stupéfiait.

Furieux contre lui-même, il passa dans sa chambre se changer et enfila un jean et un pull bleu marine. Après avoir préparé les boissons dans la cuisine, il revint dans le salon et s'assit sur le canapé en l'attendant.

Elle posa son aumônière sur une chaise en tapisserie et saisit un verre.

— Tu as de la chance d'avoir pu te changer, dit-elle en s'asseyant en face de lui.

— Si tu veux mettre un peignoir, il y en a un pendu derrière la porte de la salle de bains.

— Je n'aime mieux pas, répondit-elle en souriant. Imagine les photos, si jamais un incendie se déclarait et que nous devions sortir en urgence !

Il éclata de rire.

Son humour était toujours aussi incisif. Comme celui de la fille qu'il avait connue et aimée jadis.

— Tu n'es plus aussi téméraire qu'autrefois ?

— Ça m'a passé le jour où j'ai cru que, par ma faute, tu ne pourrais plus jamais marcher. Quand je t'ai vu entrer ce matin dans la cathédrale, j'ai remercié le ciel que tu tiennes sur tes deux jambes.

Son angoisse le déstabilisa.

Jamais il n'oublierait la façon dont elle s'était effondrée, dans le taxi. La sentir si proche de lui avait été une véritable torture.

— Que t'a dit au juste ta mère pour t'empêcher de venir me voir dans ma chambre, à l'hôpital ?

— Qu'on t'avait transporté en Angleterre où un spécialiste allait tenter de reconstruire ta jambe.

— Mais c'était complètement faux ! dit-il en se levant, incrédule.

— Je... Je ne comprends pas. On ne t'a pas transporté là-bas ?

— Absolument pas. Je suis resté dans le même hôpital que toi, et j'ai désespérément essayé de t'appeler depuis le fixe qui était dans ma chambre parce que j'avais perdu mon téléphone dans l'avalanche.

— Tu as essayé de m'appeler ?

— Bien sûr ! Je voulais avoir de tes nouvelles. Le médecin m'a dit que tu n'avais rien de cassé, mais je voulais l'entendre de ta bouche. Malheureusement, ton téléphone ne marchait pas. J'en ai été malade.

Comme Bella ne le contactait pas, il avait fini par en parler à Vincenzo, mais son ami avait éludé ses questions jusqu'à ce qu'il comprenne que ça n'avait aucune importance pour elle. Ça lui avait brisé le cœur.

Elle secoua la tête, l'air effaré.

— Moi aussi, j'avais perdu mon téléphone dans l'avalanche, et mes parents m'en avaient acheté un nouveau. J'ai essayé de t'appeler, mais je ne suis pas arrivée à te joindre. En désespoir de cause, je t'ai écrit, une soixantaine de lettres, qui sont restées sans réponse.

— Une soixantaine de lettres ! Mais alors...

— Oui. J'ai fini par comprendre que tu n'avais que mépris pour moi à cause de ce que j'avais fait, et j'ai cessé d'essayer de te contacter.

— Je commence à y voir plus clair...

— Que veux-tu dire ?

Durant toutes ces années, rien ne s'était passé comme il l'avait cru.

— Continue. Je veux entendre la suite avant de t'expliquer cette énigme.

— Cette énigme ?

Elle ne savait donc vraiment rien ?

— Quand j'ai demandé à ma mère combien de temps tu

devrais rester en Angleterre, elle m'a dit un an, parce que tu devrais subir une longue rééducation.

— Pendant un an ?

— Oui. Alors, quand le lycée a fermé en mai, comme j'étais toujours sans nouvelles, j'ai cru que tu me détestais pour le mal que je t'avais fait et que je n'entendrais plus jamais parler de toi.

Il ravala un juron.

— Jamais je n'aurais pu te détester, Bella...

— Alors, je suis tombée en dépression. Mes parents ont loué une suite au château d'Ouchy, sur le lac de Genève, et nous y sommes restés un mois avec des amis à eux. Moi, je passais mon temps à Lausanne avec la princesse Constanza. Ils espéraient que ces vacances me feraient du bien, mais ça n'a servi à rien.

— Donc, tu étais là-bas ! J'avais croisé en ville un des garçons de cuisine du palais que j'avais interrogé, et il m'avait dit que vous étiez partis en voyage, mais il ne savait pas où.

— Dès que nous sommes rentrés à Scuol, je suis allée trouver ton père dans son service d'allergologie. Je ne le connaissais pas, mais j'étais bien décidée à lui arracher des réponses, même si on m'avait interdit de te revoir et si je savais que tu me détestais.

Ainsi, Bella avait elle aussi essayé de le contacter... Ces révélations changeaient tant de choses qu'il en était abasourdi.

— Et qu'as-tu découvert ? lança-t-il en retenant son souffle.

— Rien du tout, sauf que ta famille avait quitté Scuol et que personne à la clinique ne savait où vous aviez emménagé. Le Dr Torriani était parti sans laisser d'adresse. J'ai donc cru que ta famille avait voulu t'éloigner de moi à cause de ce que je t'avais fait.

Percevant son angoisse, il serra les poings. S'il la prenait dans ses bras maintenant, jamais plus il ne la lâcherait.

— J'ignorais tout ça.

— Quand je suis rentrée au palais, complètement anéantie, je suis allée trouver mes parents pour leur demander de me dire la vérité. Tu sais ce que papa m'a répondu ? « Bella, ma chérie, tu dois te rappeler que tu es la princesse Baldasseri, et que tu dois donc épouser un prince. Tu es maintenant une adulte et tu dois accepter ce destin. » J'ai alors compris que mes parents étaient complices, que je ne pourrais jamais plus te revoir et que Vincenzo devait être au courant, lui aussi, ce qui expliquait son silence. C'était… C'était comme si le monde dans lequel j'avais vécu s'écroulait sous mes yeux, sanglota-t-elle.

— Pour moi aussi, murmura-t-il pour tenter de la réconforter. Nous avons été manipulés tous les deux, c'est évident, mais Vincenzo n'y est pour rien. À mon avis, ce sont tes parents et mon père qui se sont ligués pour intervenir dans nos vies.

— Ton père ?

— Oui, il fallait qu'il soit complice. Tu ne le connais pas. C'est un type bien qui a fait tout ce qu'il pouvait pour moi, mais il est terriblement autoritaire.

— Je sens que tu es tout retourné en me disant ça. Explique-moi.

— Il s'est marié sur le tard et il a toujours complètement dominé ma tendre mère, qui après moi n'a pas pu avoir d'autre enfant. Il était fils de médecin, lui aussi, et nous avons bien vécu. Il m'a offert les meilleures écoles, la meilleure éducation et les meilleurs amis. Tout est bien allé jusqu'à ce que je rencontre Vincenzo. Papa était furieux que Vincenzo et toi fréquentiez un lycée public. Il est habité par une haine féroce de la monarchie, il pense que les rois sont socialement des inutiles.

— Il n'a pas tort.

— Il n'en reviendrait pas de t'entendre dire ça ! En tout cas, même s'il m'a interdit de fréquenter ton frère, il n'a pas pu m'empêcher d'être son ami à l'école. Un jour, j'ai amené Vincenzo chez nous pour son anniversaire. Dès que mon père l'a vu, il a quitté la pièce sans lui adresser la parole.

— Quelle horreur !

— En revanche, maman lui avait fait un gâteau pour me faire plaisir, et on avait fêté ses onze ans tous les trois. Plus tard, elle m'a dit qu'elle l'aimait beaucoup et que si elle avait pu avoir un autre enfant, elle aurait aimé qu'il lui ressemble.

— Sans la connaître, je l'aime déjà, Luca, déclara Bella, les larmes aux yeux. Elle a l'air adorable.

— Elle l'est, et elle aussi, elle t'aimerait, parce que tu ressembles à Vincenzo. Mais tu comprends maintenant pourquoi, par la faute de mon père, c'était toujours moi qui allais jouer chez vous. Et c'est dans votre palais que j'ai mes meilleurs souvenirs d'enfance.

— Moi aussi, quand tu étais là. Mais cette horrible journée de ski a mis fin à ce bonheur. Dis-moi tout ce qu'il s'est passé à partir du moment où tu as quitté l'hôpital.

Il ne savait pas par où commencer, et le moment était mal choisi.

Il consulta sa montre.

— Écoute. Cela risque d'être un peu long, et j'ai un avion à prendre. Je devrais déjà être en route pour l'aéroport. Vincenzo m'a dit que tu devais dormir chez les Visconti, alors je vais te déposer là-bas sur mon chemin.

— Tu ne peux pas rester jusqu'à demain ?

— Non, je regrette, mais je dois être là-bas demain matin.

— Tu travailles le dimanche ?

— Ça m'arrive. Alors, finis ton verre et allons-y.

Bella obéit.

Si elle avait encore eu seize ans, elle aurait supplié Luca de l'emmener avec lui. Mais elle en avait vingt-six, et lui, durant ces dix dernières années, ne lui avait jamais fait signe. Cela faisait sûrement longtemps qu'il ne pensait plus à elle. Il fréquentait sans doute une femme superbe et devait être impatient de la retrouver, lui qui avait la chance de ne pas avoir des photographes collés en permanence à ses basques.

Ils prirent un taxi en direction de la villa Visconti, mais elle n'arrivait pas à accepter qu'il la quitte ainsi. Pourtant, il devait avoir ses raisons qui ne la regardaient pas.

— Luca, avant de partir, dis-moi la vérité au sujet de ta jambe.

— J'ai dû être opéré, mais le chirurgien était génial, et je me suis vite remis. Je peux encore skier, même si la compétition m'est interdite.

— Vraiment ? s'écria-t-elle, folle de joie. Tu ne peux pas savoir comme je suis heureuse de l'entendre ! Mais si tu avais pu participer aux jeux Olympiques, je suis certaine que tu aurais remporté une médaille.

— Ça m'aurait fait plaisir, mais, tu sais, c'était davantage le rêve de mon père que le mien.

— Tu es son fils unique.

— Et toi, la seule fille de ta mère, et nous savons tous les deux ce dont elle rêve pour toi. Peut-être n'es-tu pas encore fiancée au prince Antoine, mais je suppose que ça ne va pas tarder. Vincenzo m'a dit qu'il était sympathique, et c'est toi qui as récupéré le bouquet de Francesca, ça ne m'a pas échappé.

— C'est parce qu'elle a mal visé. Il était destiné à Gina, la fiancée de son frère Rolf, pas à moi.

Déjà, ils arrivaient à la villa Visconti.

— J'ai encore tant de questions à te poser… Pourtant, je sais bien que je devrais te remercier de m'avoir consacré un si long moment.

— Bella, je suis désolé de devoir te quitter si vite.

— Je t'en prie, ne t'excuse pas.

Lorsque le taxi se fut arrêté, il l'aida à sortir, et ils se dirigèrent vers la villa.

Elle aurait voulu se jeter dans ses bras et y rester blottie pour toujours mais, à sa grande surprise, il sortit son portefeuille et en tira une carte professionnelle qu'il lui tendit.

— Peut-être cela répondra-t-il à certaines des questions que tu te poses. *Adia*, Bella, ajouta-t-il en romanche. *Buna fortuna*.

Bonne chance pour l'avenir ? Visiblement, il n'espérait pas qu'ils se revoient. Sa vie était ailleurs.

Désespérée, elle le regarda repartir jusqu'au taxi et attendit qu'il ait disparu pour sonner.

Rolf, le frère de Francesca, lui ouvrit avec son éternel sourire.

— Bella ! Entre. Gina et moi, on se demandait où tu avais disparu.

— J'ai passé un moment avec Luca, qui m'a raccompagnée en allant à l'aéroport. Où est Gina ?

— Dans le bureau. Mes parents sont allés se coucher.

— Moi aussi, j'ai sommeil. Et j'ai envie de me changer.

Une fois dans sa chambre, elle s'assit au bord du lit et contempla la carte qu'elle serrait au creux de sa main.

DR LUCA TORRIANI
MÉDECINE DU SPORT

Donc, Luca était devenu médecin comme son père.

Sur la carte figurait aussi le numéro de téléphone et l'adresse de la clinique médicale Julier à Saint-Moritz.

Cette carte lui disait où il vivait et où il travaillait, mais rien sur sa vie privée.

Elle passa le reste de la nuit dans la plus grande agitation.

Durant le vol entre Berne et Saint-Moritz, Luca s'étonnait encore que Bella ait paru si contrariée par son départ. Ses yeux violets le suppliaient de rester, et il avait eu terriblement de mal à s'éloigner.

Il se remémora chaque détail de leur conversation.

Il comprenait maintenant que leurs familles avaient tout fait pour les séparer. Comme il n'avait plus aucune nouvelle d'elle, il avait été contraint d'accepter la réalité. Il n'était qu'un roturier, et jamais elle ne pourrait l'épouser. De son côté, elle avait dû se plier elle aussi aux règles établies, et depuis l'avalanche ils n'avaient plus eu le moindre contact.

Il regrettait d'avoir dû prendre cet avion alors qu'elle aurait bien aimé lui parler plus longuement, c'était ce qui l'avait poussé à lui donner sa carte. À elle de voir ce qu'elle en ferait.

Il reprit sa voiture pour rentrer chez lui et consulta ses messages avant d'aller se coucher. Pourtant, il ne réussit pas à trouver le sommeil, trop occupé à reconstituer le puzzle des dix dernières années de sa vie.

Toutes le menaient au subterfuge élaboré par son propre

père, lequel avait toujours redouté par-dessus tout qu'il tombe amoureux de la princesse Bella.

Au matin, il était en ébullition.

Après sa vacation à l'hôpital, il reçut un texto de sa mère l'invitant à dîner le soir même. Bien que le travail l'ait un peu calmé, cela le rendit fou de rage, car il devinait son père extrêmement mécontent qu'il ait accepté d'assister à la réception qui avait suivi le mariage.

Il décida donc de se rendre sans attendre chez eux pour qu'ils s'expliquent enfin.

— Maman ? lança-t-il en entrant.

— Luca ! Tu es rentré de Berne ! dit-elle en accourant dans le salon pour le serrer dans ses bras. Viens dans la cuisine, je vais te faire à manger.

— Je préfère rester ici, déclara-t-il en s'asseyant sur un canapé. Où est papa ?

— Il est sorti s'acheter du tabac quand je suis rentrée de la messe. Il ne va pas tarder. Alors, ce mariage ?

— Super. Mais il faut qu'on parle tous les trois de ce qu'il s'est passé il y a dix ans.

Le sourire de sa mère s'évanouit, et elle le regarda d'un air inquiet, sans rien dire.

— Après la réception, reprit-il, j'ai passé un moment avec Bella, et nous avons tenté de reconstituer ensemble le déroulement des événements après l'accident. Maintenant, j'ai compris que nos familles se sont arrangées pour que nous ne voyions plus durant toutes ces années.

— Luca, répondit sa mère, les larmes aux yeux, je n'ai rien su de ce que ton père et la mère de Bella avaient fait jusqu'à ce que Vincenzo vienne me voir quelques années après ton départ pour les États-Unis. Il t'aime beaucoup et il ne supportait pas que je ne sois pas au courant. De mon côté, j'ai été heureuse de connaître la vérité, mais à ce moment-là le mal était fait pour toi comme pour Bella, et j'ai préféré ne pas déterrer cette vieille affaire après si longtemps.

— Je sais très bien que tu n'y étais pour rien, dit-il en la serrant dans ses bras.

— Ce qu'ils ont fait tous les deux est horrible. En particulier ton père, qui a escamoté toutes les lettres que t'a écrites Bella. Il s'en est vanté auprès de sa mère à elle, c'est comme ça que ton ami l'a découvert. J'ai tellement honte de ce qu'il a fait... Jamais je ne lui ai dit que Vincenzo me l'avait appris, mais j'en ai été malade. Il faut que tu comprennes que je t'aime de tout mon cœur et que j'ai toujours tout fait pour que tu sois heureux.

— Je t'aime. Merci de m'avoir parlé de ces lettres et de la visite de Vincenzo, mais il faut que tu saches que je ne laisserai pas papa et la mère de Bella intervenir encore dans ma vie privée.

— Tu as raison, *figlio mio*. Je suis heureuse que Bella et toi vous soyez retrouvés. Vis ta vie comme tu le souhaites, et comme je l'ai, moi aussi, toujours souhaité, répondit-elle en l'embrassant sur la joue.

— C'est bien mon intention. Excuse-moi de ne pas dîner avec vous ce soir, mais j'ai d'autres projets. Je te rappellerai demain.

Il rentra se changer avant de remonter dans sa voiture et de rouler au hasard dans la nuit pour recouvrer son calme.

3

Le lendemain matin, Luca, incapable de supporter la perspective de rester enfermé entre quatre murs, décida de partir randonner dans la montagne. Il chaussa ses lunettes teintées sous le soleil aveuglant et se dirigea vers sa voiture. Soudain, la sonnerie de son portable retentit.

Il laissa d'abord sonner l'appareil sans décrocher.

Sûrement son père qui insistait pour qu'il vienne dîner.

Bien qu'il ait été bouleversé de revoir Bella, il comprenait qu'elle avait fait son chemin dans la vie. Son père n'avait donc aucun souci à se faire, même s'il ne cessait de le rappeler.

Il prit son téléphone pour décliner l'appel mais s'arrêta à temps pour voir l'identité de l'appelant.

Il s'agissait en fait de la clinique où il travaillait.

— Dr Torriani, dit-il après avoir appuyé sur la touche de réception.

— Une patiente qui désire vous parler vient d'appeler. Elle dit que c'est urgent, mais elle a raccroché sans donner son nom. Voici son numéro.

Il rappela sans attendre.

— Luca ?

Immédiatement, il reconnut une voix qu'il n'avait jamais oubliée.

— Bella ? questionna-t-il, le cœur battant.

En lui donnant sa carte, il avait tenté le sort, mais sans espérer une réponse aussi rapide.

— Oui ! Je suis contente que tu m'aies répondu. Je suis à la gare de Saint-Moritz.*À la gare de Saint Moritz ?*

— Répète-moi ça.

— Je sais, tu dois être surpris, mais tôt ce matin j'ai pris l'avion pour Chur, puis le Bernina Express, sachant qu'il s'arrêtait à Saint-Moritz. Dans un quart d'heure, il repart pour Pontresina. Je me demandais si tu aurais le temps de venir m'y retrouver et de faire le trajet avec moi pour que nous puissions parler. Hier soir, nous n'avons pas eu assez de temps. Est-ce possible ou es-tu trop occupé ?

Il était si abasourdi qu'elle l'appelle qu'il ne pouvait penser à rien d'autre.

— J'arrive tout de suite.

— Super. Traverse le train, tu me repéreras facilement : je porte un bonnet noir et de grosses lunettes de soleil.

Sinon, les photographes auraient eu tôt fait de remarquer sa somptueuse chevelure blonde. Elle pensait à tout.

— Et moi, un pull vert.

— Je n'aurai aucun mal à te reconnaître.

— À tout de suite.

Bella...

Ainsi, tandis qu'il l'imaginait rentrant tranquillement de Berne au palais de Scuol en compagnie de sa famille, elle avait eu le courage de le rejoindre à Saint-Moritz malgré le risque qu'elle courait d'être repérée.

Arrivé à la gare, il prit un billet et passa sur le quai. Il ne lui restait plus qu'à traverser le train de wagon en wagon. Il découvrit Bella dans l'avant-dernière voiture.

Même sous ce déguisement, elle était belle comme le jour, tous les hommes avaient les yeux braqués sur elle. Elle portait un pantalon et un haut noirs, et si elle l'aperçut, elle n'en laissa rien paraître. Il savait qu'un garde du corps l'accompagnait partout, nuit et jour.

Toutes les places étaient occupées sauf celle qui se trouvait en face d'elle. Sans doute avait-elle choisi de s'y installer pour cette raison. Il s'assit, et le train démarra en direction de Pontresina, traversant les majestueux paysages d'Engadine.

— Luca, j'étais tellement heureuse quand tu as décroché et que tu m'as dit que tu pouvais venir, chuchota-t-elle en se penchant vers lui.

— Tu n'ignores pas que ta mère sera au courant de notre rencontre.

— Peu m'importe.

— Moi qui t'imaginais en compagnie de ta famille !

— J'avais absolument besoin de te parler plus longuement, et j'ai espéré que si tu m'avais donné ta carte, c'est que tu en avais envie toi aussi. Mais si ça te complique la vie parce que tu es déjà lié à une autre femme, je le comprendrai parfaitement.

Quelle franchise ! songea Luca sans relever son allusion à « une autre femme ». Si seulement elle lisait dans son cœur...

— Qu'est-ce qui t'a décidée à venir jusqu'ici ?

— C'est une longue histoire. Mais j'aperçois le chariot des boissons. Je vais demander un verre d'eau et tout te raconter.

Il l'observa à la dérobée.

Il avait toujours été fasciné par tout ce qu'elle disait et faisait, et pour lui rien n'avait changé. Sauf que, en dix ans, la fille dont il était amoureux était devenue une femme terriblement désirable.

— Alors, cette longue histoire ?

Il sentait qu'elle le regardait derrière ses lunettes de soleil.

— J'avais trop envie de te revoir. Alors, j'ai raconté à ma famille que j'avais un imprévu professionnel. Naturellement, j'ai pris un risque, mais j'ai eu de la chance que tu sois disponible quand je t'ai appelé. Je ne crois pas que mon garde du corps ait compris ce qu'il se passe. Il doit supposer que j'avais un rendez-vous d'abord à Chur, puis à Pontresina. D'ailleurs, j'y ai des amis avec qui j'ai déjà travaillé.

Elle n'avait pas changé : toujours aussi aventureuse et inventive. Et il adorait ça.

— Alors, quel est ton plan ?

— En arrivant à Pontresina, je prendrai un taxi jusqu'à

l'hôpital Oberengadin où j'ai des contacts. Au bout de quelques minutes, tu arriveras à ton tour devant l'entrée principale et tu attendras devant la fontaine à eau qui se trouve dans le hall du rez-de-chaussée. Quelqu'un viendra te chercher et te conduira jusqu'à moi. Qu'avais-tu prévu de faire aujourd'hui ?

— Une randonnée.

— Excellente idée.

— Mais je suis parfaitement heureux d'être ici avec toi, Bella.

— Moi aussi. Nous allons bientôt arriver.

Il avait déjà randonné à Ponteresina avec des amis.

Le train ralentit avant de s'arrêter dans le village niché au milieu de forêts de pins.

— Rejoins-moi dans quelques minutes, dit Bella en se levant.

Il attendit un court moment avant de descendre à son tour. Sans doute le garde du corps de Bella l'avait-il suivie à l'hôpital. Il prit lui aussi un taxi pour s'y rendre.

Même s'il savait qu'on ne la quittait pas des yeux, tous ces mystères l'amusaient. Un vrai film d'espionnage ! Si son père apprenait ça, il risquait d'exploser, mais tant pis pour lui.

En entrant, il aperçut la fontaine à eau au fond du hall.

— Docteur Torriani ?

En se retournant, il vit une jeune femme d'une trentaine d'années en uniforme hospitalier.

— Suivez ce couloir jusqu'au fond et tournez à gauche. Sur votre droite vous trouverez une salle d'examen où l'on vous attend.

— Merci.

Bella lui ouvrit la porte en l'entendant approcher.

— Tu es bien consciente que cette manœuvre ne trompera personne, n'est-ce pas ? On aura tôt fait de rapporter au prince Antoine qu'on t'a vue deux fois avec moi depuis le mariage. Tu ne trouves pas que c'est un peu risqué ?

À ces mots, Bella frémit, et il sut qu'il l'avait blessée.

— Peut-être, mais tant mieux si ça occupe l'équipe de sécurité, maugréa-t-elle. D'ailleurs, j'en tirerai plus tard les conséquences.

— Comment vas-tu rentrer à Scuol ?

— Un hélicoptère m'attend tout près d'ici, répondit-elle en relevant le menton.

— Excuse-moi. Je vois que je t'ai contrariée sans en avoir l'intention.

Elle le regardait, les lèvres tremblantes, et il eut soudain une envie folle de l'embrasser.

— Tu ne peux pas t'en empêcher, Luca ! Tu ne m'as pas pardonné, et tu restes complètement obnubilé par mon titre. De plus, lorsque ton père apprendra cette escapade, ce qui ne manquera pas de se produire, il sera furieux contre toi.

— Bella, oublie un peu mon père et écoute-moi. J'aurais pu refuser de venir te retrouver à la gare de Saint-Moritz, et ça aurait mis fin à l'aventure. Mais après nos retrouvailles d'hier, nous savons tous deux qu'il faut que nous parlions.

— Tu le crois vraiment ? Ne serait-ce pas plutôt parce que Vincenzo et toi, vous êtes des frères de sang ? Que tu ne veux pas me faire de la peine de peur de le contrarier lui aussi ?

— Vincenzo n'a rien à voir là-dedans. En revanche, entre toi et moi, il a toujours existé une relation particulière.

— Voilà, je le savais ! Tu me considères donc comme une amie un peu encombrante. Quand nous étions au lycée, je me suis jetée à ta tête, mais tu as su gérer parfaitement la situation. Comme tu as dû redouter le mariage de Vincenzo ! Tu savais que je serais là, et c'est seulement par amitié pour mon frère que tu as accepté de supporter la présence de celle qui avait ruiné tes chances de devenir un champion olympique. Sans parler de ta jambe définitivement endommagée. En fait, tu ne t'en es jamais remis.

Décidément, c'était une obsession.

— Je croyais que nous avions réglé ce problème. Tu te trompes complètement sur mes sentiments à ton égard.

S'il n'avait pas renoué avec elle après l'avalanche, c'était uniquement parce qu'il avait cru qu'elle ne s'intéressait plus à lui.

— Pas du tout. Ton père a bien fait de vous faire déménager à Saint-Moritz sans rien dire à personne pour que la princesse ne puisse pas te retrouver. « Princesse », c'est un mot que je déteste, dans toutes les langues ! Dès l'instant où j'ai été conçue, ce titre a pesé sur moi comme un fardeau.

— Arrête, Bella...

— Non, je ne m'arrêterai pas ! Toi, Luca, tu es né Torriani, et tu es devenu médecin comme ton père. Nos routes n'auraient jamais dû se croiser, encore moins converger. Excuse-moi de t'avoir téléphoné, j'ai commis une erreur.

— Je ne vois pas de quoi tu t'excuses. Après tout, c'est moi qui t'ai donné ma carte.

— Ça n'a pas d'importance.

— Bien sûr que si ! Et j'ai quelque chose de vital à te révéler.

Même si elle risquait d'être anéantie en apprenant comment ses lettres avaient été détruites.

— C'est trop tard. Au revoir, Luca.

Elle se leva, mais il la prit par le bras pour l'attirer à lui.

— Si tu refuses de m'écouter, peut-être comprendras-tu mieux de cette façon, dit-il en posant sur ses lèvres un baiser passionné.

Ce moment, il en avait tellement rêvé qu'il ne pouvait pas le laisser échapper.

Mais elle s'écarta brusquement de lui, et ils se retrouvèrent face à face, le souffle court.

— Penses-y dans ton hélicoptère, Bella.

Elle se précipita hors de la pièce.

Il aurait pu lui courir après, mais il y avait du monde dans le hall. D'ailleurs, cet hôpital n'était pas l'endroit idéal pour la conversation à cœur ouvert qu'il désirait avoir avec elle. Depuis l'avalanche, elle avait accumulé tant de douleur et de rancœur.

Lui aussi, d'ailleurs...

Le bruit de l'hélicoptère qui décollait l'arracha à ses pensées moroses. Lorsque le silence fut revenu, il reprit le train pour Saint-Moritz, ce qui lui donna le temps d'organiser leur prochaine rencontre.

Il fallait qu'elle sache ce que sa mère lui avait rapporté à propos de ses lettres, et le rôle de Vincenzo dans la révélation de la vérité. Il allait dès maintenant lui envoyer un texto.

Durant tout le temps que mit l'hélicoptère à la ramener au palais, Bella revécut en tremblant le baiser de Luca, aussi inattendu que passionné. Au moment où elle se précipitait dans l'escalier pour monter dans son appartement, la voix de sa mère retentit derrière elle.

Oh non, pas maintenant ! Mais, de toute façon, il faudrait bien qu'elle lui dise bonsoir ainsi qu'à ses grands-parents.

Elle monta se coucher dès qu'elle le put.

Avant de se mettre au lit, elle vérifia son téléphone, et son cœur se mit à battre plus vite quand elle découvrit un texto de Luca.

Quand elle lui avait échappé pour monter dans l'hélicoptère, elle n'avait pas imaginé la façon dont il allait réagir.

D'un doigt tremblant, elle cliqua sur l'écran.

Bella, lorsque tu m'as dit au revoir, tu savais ce que ça voulait dire. Tout comme moi quand je t'ai dit que tu te faisais une idée complètement fausse de notre relation. Évidemment, je te considère comme une amie un peu différente, mais pour moi, tu es beaucoup plus que ça, ce baiser a dû t'en apporter la preuve. Si tu veux en savoir davantage, tu sais où me trouver.

Elle lut et relut le texto.

Se faisait-elle vraiment une idée fausse de leur relation ? De toute façon, après ce baiser, elle n'arriverait pas à trouver le sommeil. Elle décida donc d'appeler sa grand-mère maternelle en Sardaigne. Il n'était pas encore trop tard.

— Je suis si heureuse d'entendre ta voix, *bimba* ! Mais raconte-moi ce mariage, lui dit la vieille dame entre deux quintes de toux alarmantes.

Elles parlèrent un petit moment, mais la voix de *nonna*

Caderina devenait de plus en plus faible et tremblante. Peut-être n'aurait-elle pas dû l'appeler.

— *Nonna*, je regrette bien que tu n'aies pas pu venir à Berne. Comment vas-tu ? Tu n'as pas l'air en pleine forme.

— Mais si, ne te fais pas de souci pour moi, répondit Caderina avant de se remettre à tousser. Mais toi, qu'est-ce qu'il t'arrive ? J'ai tout de suite senti à ta voix qu'il se passait quelque chose. Des problèmes avec le prince Antoine ?

— Non, pas du tout. Mais après la réception, hier, j'ai revu Luca, et aujourd'hui aussi, à Saint-Moritz.

— Ah bon ?

— Oui. Cela faisait dix ans que..., commença-t-elle avant de fondre en larmes. *Nonna*, je me suis tellement ridiculisée que je voudrais mourir... Mais on s'est suffisamment parlé, Luca et moi, pour comprendre que nos parents avaient tout fait pour nous séparer durant ces dix ans. Pour le reste, je suis en pleine confusion. Mère veut que je me marie avec Antoine. C'est un homme merveilleux, mais je ne peux pas accepter de l'épouser.

— Pourquoi ?

— À cause de Luca. Si je ne peux pas vivre avec lui, jamais je ne serai heureuse.

— Et lui ?

— Lui, je ne sais pas. Il m'a embrassée pour de bon cet après-midi pour la première fois. Et maintenant, je ne sais plus où j'en suis.

— Pourquoi ?

— Parce que je ne sais pas si, ce que je ressens pour lui, il le ressent aussi pour moi. C'est moi qui ai provoqué nos deux rendez-vous, mais il croit que je vais épouser Antoine. Je suis dans le noir complet.

— Écoute, *bimba*, répondit sa grand-mère avant d'être secouée par une nouvelle quinte, depuis la cérémonie, il a pris le risque de te voir deux fois. Ça ne te dit rien ?

— Si, ça prouve qu'il ne veut pas me faire de peine. Si seulement je n'étais pas née princesse ! Tu dois me trouver stupide de dire une chose pareille.

— Bien sûr que non. Mais si ça t'ennuie tant, tires-en les conclusions.

— Tu ne m'en voudras pas ?

Une quinte de toux mêlée d'éclat de rire lui répondit.

— Pourquoi t'en voudrais-je ? C'est toi qui décides de ta vie, *bimba*. Quant à Luca, s'il est capable de transformer tes rêves en réalité par un simple baiser, c'est sans doute qu'il y croit lui aussi. Quand il venait au palais avec ton frère, il m'a toujours bien plu. Il y avait en lui une force que j'admirais. Tu n'as qu'à le soumettre à l'épreuve ultime, et tu verras bien comment il se comporte.

— Quelle épreuve ultime ?

— À toi de trouver. Tu es intelligente...

Elle s'arrêta, secouée par la toux, incapable de continuer.

— *Nonna*, je t'ai fait parler trop longtemps alors que tu es malade. Je te rappellerai bientôt, mais pour le moment, tu dois te reposer. Je t'adore. Remets-toi vite.

Elle raccrocha et se blottit sous les couvertures, inquiète pour la santé de sa grand-mère dont les recommandations restaient néanmoins présentes à son esprit :

« Tu n'as qu'à le soumettre à l'épreuve ultime. »

Quelle épreuve ? Qu'avait-elle voulu dire exactement ?

Elle passa le reste de la nuit à se tourner et se retourner dans son lit, hantée par le souvenir de leur baiser, essayant de comprendre ce que Luca avait vraiment en tête.

À 5 heures, elle se leva pour écrire un mail à son grand-oncle Leonardo. Sa *nonna* lui en avait donné le courage.

Elle allait de nouveau entrer en contact avec Luca, mais cette fois, elle emploierait une nouvelle tactique. Sa grand-mère lui avait suggéré de soumettre Luca à l'épreuve ultime ? Eh bien, c'était exactement ce qu'elle avait l'intention de faire.

Le vendredi suivant, Luca finissait d'examiner un dernier dossier, redoutant le vide du week-end qui s'annonçait, quand on frappa à la porte.

— Docteur Torriani ?

Il reconnut la voix de la nouvelle réceptionniste, engagée quatre mois plus tôt et qui le dérangeait régulièrement quand il était seul dans son bureau sous de fallacieux prétextes. Il n'éprouvait pas la moindre attirance à son égard.

— *Si*, Adele ?

— Si vous êtes occupé, je peux revenir plus tard.

— Oui, je préfère. Inutile de venir frapper. Contentez-vous de m'appeler s'il y a une urgence.

— En fait, je ne sais pas si c'est urgent ou pas. Une femme s'est présentée à la réception sans rendez-vous. Elle ne m'a pas donné son nom. Le Dr Glatz serait prêt à la recevoir, mais elle insiste pour voir le médecin du sport.

Il sentit son cœur battre la chamade.

Bella ?

— J'arrive, dit-il en se précipitant dans le hall.

C'était bien elle. Sa splendide chevelure était nouée en catogan sur la nuque, ce qui mettait en valeur ses pommettes hautes et l'ovale de son visage. Ses yeux étaient de la couleur des violettes qui fleurissaient jadis autour du palais de Scuol. La beauté en personne. Elle était vêtue avec une élégance discrète : un pantalon marron glacé, un chemisier blanc à manches trois quarts et des sandales de cuir brun.

Après ce baiser passionné, elle avait mis cinq jours pour répondre à son texto. Mais, devant la réceptionniste, il fallait absolument faire comme si de rien n'était.

— Je me souviens de vous avoir croisée au mariage, dit-il, à l'intention d'Adèle qui les observait d'un air suspicieux.

Un sourire illumina le visage de Bella.

— Oui, on nous a présentés. Je suis Alectrona Cossu.

La fille du soleil dans la mythologie grecque ? Il avait vu des tableaux qui la représentaient. Avec ses longs cheveux blonds, Bella lui ressemblait beaucoup, mais elle était bien plus attirante.

— Rolf m'a appris que vous travailliez ici, mais j'ai oublié votre nom.

— Je suis le Dr Torriani.

— De la vieille famille noble des Torriani du Piémont ?

— Oui, mais descendant d'une branche cadette.

— Ce qui explique que vous ne soyez ni architecte ni sculpteur. Mais vous êtes bien le célèbre médecin dont m'a parlé Rolf ? s'enquit-elle avec un petit rire. Ma visite est d'ordre professionnel : je connais un enfant qui aurait grand besoin de bénéficier de vos compétences exceptionnelles en matière de médecine du sport. Alors peut-être me pardonnerez-vous cette intrusion qui a pour but de vous demander un rendez-vous.

— Je suis disponible pour le moment. Voulez-vous me suivre dans mon bureau pour que nous puissions en parler ? *Buon week-end*, Adele, ajouta-t-il à l'adresse de la réceptionniste qui les buvait des yeux.

— *E tu, dottore*, répondit celle-ci entre ses dents.

Une fois qu'ils furent entrés dans son bureau, il en referma la porte, encore stupéfait que Bella soit venue.

— Enfin, nous allons pouvoir parler en toute tranquillité, Bella.

Elle fit le tour de la pièce, examinant les diplômes suspendus au mur tandis qu'il contemplait sa charmante silhouette.

— Columbus, Ohio. Tu as passé toutes ces années à étudier la médecine aux États-Unis ? C'est si loin..., murmura-t-elle d'une voix tremblante qui le fit frémir jusqu'à la moelle.

— Pas toutes. Si tu regardes le diplôme affiché derrière mon bureau, tu verras que j'ai fait mon internat en Allemagne, à Fribourg.

— Durant combien de temps ?

— Un an et demi.

— Et qu'est-ce qui t'a fait revenir à Saint-Moritz ?

— Dis plutôt « qui ». Dès que j'ai obtenu mon diplôme, mon père m'a suggéré de rejoindre un centre médical qui cherchait un médecin du sport. Mes parents avaient acheté ici une maison où mon père avait son cabinet de consultation. Mais assez parlé de moi. Assieds-toi et dis-moi ce que, toi, tu as fait durant les dix années où j'ai dû m'absenter du lieu que je chérissais le plus sur cette terre.

Elle s'assit sur une chaise à côté de son bureau.

— Tu veux parler de notre jardin d'Éden ?

— Bien sûr.

Ils avaient donné ce nom à une futaie herbeuse et ombragée située au-dessus du chalet d'été de la famille Baldasseri. Quand on pénétrait sous sa voûte de feuillage, on avait l'impression d'entrer dans une cathédrale. Un lieu magique, empreint de spiritualité, où venaient parfois s'ébattre des cerfs élaphes.

— Moi aussi, Luca, c'est le lieu que j'aime le plus au monde.

— Tu y es retournée souvent ? s'enquit-il.

— Plus jamais depuis que nous y avions aperçu ces deux lièvres qui avaient fait leur nid dans l'herbe.

L'évocation de ce souvenir chéri lui brisa le cœur.

Il s'assit sur un coin de son bureau, plus ému qu'il ne l'aurait souhaité.

— Quelles sont les dernières nouvelles du palais ?

— Les jeunes mariés sont au paradis, et l'ex-fiancée de Vincenzo va épouser le garde dont elle est amoureuse.

— Parfois, le hasard fait bien les choses.

— Oui, parfois. Ce n'est pas donné à tout le monde.

Bella, Bella...

— Pour en revenir à toi, qu'as-tu fait après le lycée ?

— Je suis devenue très proche de la princesse Constanza. Lorsque nous avons annoncé à nos parents que nous envisagions d'étudier le marketing et la gestion à l'université de Genève, ils ont poussé de hauts cris. Pour eux, une princesse ne devait pas faire ce genre d'études ni de travail. Alors, on leur a déclaré qu'on était bien forcées d'acquérir quelques compétences professionnelles au cas où une révolution se produirait.

Il éclata de rire.

— Je t'imagine bien en train de leur dire ça. Personne d'autre n'aurait pu y penser. Et ça a marché ?

— Oui, à condition que nous ne négligions pas nos obligations princières ni la recherche d'un mari convenable.

— Comme le prince Antoine ?

— Oui. Parmi d'autres.

Évidemment, et cela ne contribuait pas à apaiser son trouble.

— Nous avons donc commencé à travailler dans une entreprise de la région.

Incroyable.

— Bella, tu m'impressionneras toujours. Tu y travailles encore ?

— Non. Nous avons fini par démissionner toutes les deux, Constanza pour travailler dans la société de robotique de sa famille. De mon côté, j'envisageais de changer pour l'entreprise de bois des Baldasseri, mais Vincenzo m'a appris que la Suisse n'exportait pratiquement pas de bois. Par ailleurs, mes parents ont beaucoup insisté pour que je prenne la tête d'une organisation caritative et que j'utilise mes compétences pour collecter des fonds.

Voilà qui éveillait sa curiosité.

— Oui, tu as mentionné tout à l'heure que tu étais venue me solliciter pour un motif professionnel.

— Je ne tenais pas à attirer l'attention de ta réceptionniste.

— Tu as bien fait. Mon père passe me prendre ici plusieurs fois par semaine pour déjeuner avec moi, et il s'est fait d'elle une amie pour une raison aussi évidente qu'embarrassante.

— Je comprends, déclara Bella. Cette brune est charmante et tu as vraiment l'air de lui plaire. Il doit espérer que ce soit réciproque.

— Il se trompe complètement.

— Parce que ton cœur est déjà pris ailleurs ?

— Peut-être.

— Il ne tardera pas à apprendre que je t'ai rendu visite aujourd'hui, dit-elle avec un petit sourire malicieux.

— Sans doute. Mais explique-moi comment tu es devenue Alectrona Cossu.

— Je m'étonne que Vincenzo ne t'en ait jamais parlé. Mon nom de naissance est Bella Alectrona Cossu-Baldasseri. Ma grand-mère maternelle est une princesse Cossu, de Sardaigne.

— Je vois. J'ai eu l'occasion de la rencontrer dans mon enfance, quand elle venait vous voir à Scuol. Une personne très chaleureuse.

— Alors, tu comprends pourquoi je suis très attachée à elle. À la suite de l'accident qui a coûté la vie à mon grand-père, elle est devenue invalide, et sa santé est restée chancelante. Quand je lui ai téléphoné la semaine dernière, elle toussait à rendre l'âme, ce qui veut dire qu'elle risque une pneumonie.

— Je suis désolé.

— Ça m'affecte terriblement.

Sa voix trahissait son inquiétude.

— Peut-être devrais-tu aller la voir là-bas.

— J'en ai bien l'intention.

— Mais tu ne m'as toujours pas expliqué pourquoi Alectrona.

— Ma mère voulait me donner ce prénom parce qu'elle adore la mythologie grecque, mais mon père préférait Bella.

— Tu ne m'en as jamais parlé.

— Tous ces noms m'horripilaient. Je préférais m'appeler Bella, tout simplement. Si tu savais, le nom de Constanza est encore plus long et compliqué que le mien !

Bella l'avait toujours fait rire, et chaque fois qu'ils étaient ensemble, il se sentait vivre plus intensément.

— Quand es-tu arrivée ici ?

— Cet après-midi, en hélicoptère. Ma famille croit que je suis partie retrouver Constanza à Lausanne. Dès mon arrivée à l'hôtel, j'ai pris un taxi pour venir ici, sans savoir si tu étais disponible.

Il avait l'impression de rêver.

— Combien de temps comptes-tu rester ?

— Il faut que je rentre au palais demain matin pour aider maman à s'occuper de la fête d'anniversaire de mon grand-père paternel qui aura quatre-vingt-huit ans demain.

Donc il avait une soirée pour la mettre au courant de certains faits.

— Tu as faim ? s'enquit-il.

— Oui.

Il ôta sa blouse blanche qu'il suspendit dans un placard.

— Je connais un petit resto en dehors de la ville, où ils servent des brochettes de bœuf, des *pizzoccheri* et de la fondue à la truffe à mourir. On va sortir par-derrière. Ma voiture est garée tout près de la porte.

4

Maintenant que Bella avait renoué le contact avec Luca, elle était bien décidée à découvrir pourquoi il l'avait embrassée. Elle était si excitée de se retrouver seule avec lui qu'elle se sentait presque fiévreuse.

Elle le suivit jusqu'à sa voiture, une vieille Alfa Romeo.

— Je me souviens que Vincenzo et toi, vous parliez toujours de voitures italiennes. Tu y es resté fidèle.

— Elles sont fiables, dit-il en lui ouvrant la portière du passager.

Ils quittèrent la station de ski en direction d'un village situé un peu plus haut dans la montagne.

Saint-Moritz avait la réputation d'être un paradis l'hiver, mais septembre était la période idéale pour profiter des premières chutes de neige.

Après quelques lacets, ils atteignirent une zone plus isolée et quittèrent la route pour s'arrêter devant un petit restaurant qui avait l'air d'une ferme.

— Jamais on ne se croirait si près de Saint-Moritz, commenta-t-elle, stupéfaite.

— Alf's est le secret le mieux gardé de cette ville. La plupart des touristes l'ignorent, et c'est pour ça que je l'aime tant.

— Comment l'as-tu découvert ?

— Il appartient aux parents d'un de mes patients. Quand je n'ai pas le temps de me préparer à manger, je vais à la cafétéria de l'hôpital avec mes collègues. Sinon, je monte jusqu'ici.

— Où habites-tu ?

— Dans un appartement près de mon cabinet.

Elle aurait bien aimé le voir, mais elle préférait attendre que Luca le lui propose. Elle aurait adoré aussi qu'il lui offre son bras pour entrer dans le restaurant, mais il semblait veiller à ne pas la toucher, même du bout des doigts.

Le moment où la bouche de Luca s'était posée sur la sienne, après tant d'années de désir refoulé, lui revenait sans cesse en tête. Et lui ? Il fallait absolument qu'elle sache ce qu'il éprouvait de son côté.

Dès qu'ils entrèrent, une voix mâle leur souhaita la bienvenue en romanche.

— *Dottore* Luca ! *Bainvegni ! Co voi ?*

Un homme barbu d'un certain âge s'approcha et donna l'accolade à Luca, puis ses yeux bleus au regard chaleureux la dévisagèrent.

— Mais vous êtes la prin...

— Alf, je vous présente la *signorina* Cossu avec qui je travaille. Une affaire importante. Est-ce que la fondue à la truffe est au menu, ce soir ?

— Pour vous, toujours, avec du vin de Barolo. Suivez-moi.

En découvrant les dîneurs installés dans des box en forme de traîneaux, Bella sourit à Luca.

— Ce lieu est aussi charmant que son propriétaire. Rien d'étonnant à ce qu'il te plaise. Mais parle-moi de son fils, ton patient.

— Alf Jr est une star du hockey, mais l'an dernier il s'est blessé à l'épaule, et le médecin pensait devoir l'opérer. Il m'a consulté, j'ai travaillé avec lui, et en définitive il n'a plus eu besoin d'opération. Désormais, il est prêt à entamer une nouvelle saison.

— Tu es un véritable magicien.

— Docteur Torriani !

En se retournant, elle découvrit un grand jeune homme blond âgé d'une vingtaine d'années, très séduisant, qui leur apportait du vin et la fondue.

— Papa m'a dit que vous étiez là avec une déesse blonde. Pour une fois, il n'a pas exagéré !

Ses yeux se posèrent sur elle et l'examinèrent avec un intérêt typiquement masculin et plutôt embarrassant avant qu'il se décide à les servir.

— Vous êtes ici pour affaires, à ce qu'on m'a dit ? Combien de temps allez-vous rester à Saint-Moritz ? Je suis libre tous les soirs.

— Du calme, Alf, intervint Luca en fronçant les sourcils. Je crains que la *signorina* Cossu ne soit très occupée.

— Je n'en doute pas, mais elle peut aussi avoir envie de se distraire. Que faites-vous demain, *signorina* ?

— Demain, elle n'a pas une minute de libre, répliqua Luca avec une acrimonie qui ravit Bella.

— Et où résidez-vous, *signorina* Cossu ?

— Avec ses associés.

— Très bien, doc. C'était une simple question. *Guten appetit,* déclara Alf Jr en s'inclinant devant eux.

— Typiquement l'enfant-roi, dit Bella à Luca lorsque le jeune homme eut disparu.

— Tous les hommes se comportent-ils de cette façon en ta présence ? s'enquit-il après avoir avalé une gorgée de vin.

On aurait dit qu'il était jaloux !

Elle leva son verre à son tour.

— J'allais justement te poser cette question. Au cas où tu l'ignorerais, quand j'ai planifié ma visite, j'espérais te trouver seul. Mais je suppose que toutes les femmes de l'équipe doivent te tourner autour ?

— Je préfère qu'on change de sujet. Est-ce que ça te dirait, un de ces jours, de faire une randonnée avec moi sur le sentier de Fuorcla Surlej, au milieu des prés en fleurs ? Un peu plus haut, tu pourras découvrir le glacier Tschierva.

— Arrête, c'est trop tentant ! s'écria-t-elle avant de se concentrer sur son assiette. Tu diras au cuisinier que c'est la meilleure fondue que j'aie jamais mangée.

— Je suis content qu'elle t'ait plu, dit-il en posant quelques billets sur la table. Et maintenant, nous ferions mieux de partir pendant que l'enfant-roi est occupé ailleurs. Sinon, jamais nous ne parviendrons à nous débarrasser de lui.

Mais l'ancien patient de Luca ne se montra pas. Il devait avoir compris le message.

Ils revinrent tranquillement à Saint-Moritz, terrain de jeu de nombreux athlètes et têtes couronnées, comme la famille de Bella. La nuit était tombée, et Luca se gara dans un lieu tranquille et discret au bord du lac.

— Je t'ai emmenée ici parce que nous ne pouvons aller ni dans mon appartement, ni dans ta chambre d'hôtel, sinon nous serions à la une des journaux dès demain matin. Je ne veux rien faire qui puisse contrarier la famille royale.

— Ni ton père.

— Il n'intervient plus dans ma vie désormais. L'autre jour, j'ai eu un entretien avec ma mère seule. Elle m'a juré qu'elle n'avait rien su de ce qu'avaient manigancé mon père et ta mère, jusqu'à ce que Vincenzo la mette au courant.

— Mon frère ?

— Oui. Pendant que j'étais en Ohio, il est venu la voir, par amitié pour nous, sachant qu'elle n'était pour rien dans tous leurs mensonges. Elle m'a avoué que, depuis, elle en veut toujours à mon père.

Il fallait encore qu'il révèle à Bella que son père avait déchiré les lettres qu'elle lui avait écrites, mais il n'avait pas le courage de le faire.

— Oh ! Luca, la pauvre chérie ! À cette époque, nous ne pouvions rien contrôler, nous n'avons même pas pu nous dire au revoir. Mais aujourd'hui, la situation est complètement différente.

— Que veux-tu dire ? s'enquit-il, le cœur en émoi.

— Nous sommes majeurs, seuls responsables de ce que nous faisons et libres de vivre comme nous l'entendons. Une belle randonnée en montagne nous fera beaucoup de bien et nous permettra de panser nos plaies. Tu crois que tu pourrais te libérer le prochain week-end ? Au moins pour une nuit ?

— Tu veux dire comme autrefois ?

— Non, pas tout à fait, puisque Vincenzo ne sera pas avec nous. J'ai toujours eu envie de camper seule avec toi. Nous mangerons le poisson que nous aurons pêché, nous observerons les constellations avec ton télescope, et nous retournerons dans notre jardin d'Éden pour voir si des lièvres y habitent encore. Qu'en dis-tu ?

Cette femme était la tentation en personne, au mépris du risque qu'elle prenait elle-même. Il était incapable de la chasser de son cœur, et d'ailleurs il n'en avait nullement l'intention. Depuis leur enfance, elle faisait partie de son ADN. Et durant leur randonnée, il pourrait lui parler des lettres.

— Oui, j'arriverai à Scuol le samedi et je repartirai le dimanche. Ce n'est qu'à soixante kilomètres. Si tu peux me rejoindre au garage Lishana, sur la Via de la Staziun à 9 heures, nous partirons de là pour les montagnes.

— Ce n'est pas là que tu travaillais à temps partiel ?

— Si, pendant deux ans. J'apporterai tout le matériel dont nous aurons besoin pour camper.

Le regard de Bella s'éclaira.

— Je dirai à mère que je dois m'absenter une nuit pour raison professionnelle. Je laisserai ma voiture au garage pour une révision, et je monterai dans la tienne.

— Raison professionnelle ? J'attends des éclaircissements à ce sujet.

— Tu disposes de toute ta soirée ?

Elle n'avait pas l'air de plaisanter, ce qui éveilla la curiosité de Luca.

— Malheureusement pas. Je dois encore appeler quelques patients. Mais samedi prochain, je veux tout savoir.

— Peut-être le regretteras-tu. Mais je ne te retiens pas davantage. Je suis descendue au Palace Hôtel Badrutt.

Il redémarra en direction du centre.

— Il doit y avoir une dizaine de journalistes là-bas, à l'affût des célébrités de passage. Si la princesse Baldasseri y arrive en compagnie d'un autochtone, ça risque de faire le buzz.

— C'est d'ailleurs pourquoi je vais te demander de me laisser descendre au prochain carrefour. Je ferai le reste du trajet à pied.

— Pour plus de sûreté, je vais t'escorter en voiture jusqu'à l'entrée de l'hôtel.

— Ne t'en fais pas, mon garde du corps me suit comme son ombre, et j'ai toujours ça dans mon sac pour me protéger, dit-elle en brandissant un vaporisateur de poche contre les ours.

— Si Alf Jr voyait ça..., répondit Luca en riant.

— C'est la meilleure soirée que j'aie passée depuis dix ans. Du fond du cœur, je te remercie. J'avais trop besoin de te voir pour tourner la page.

Il le savait. Lui aussi était dans ce cas.

Quand il se pencha pour lui ouvrir la portière du passager, son parfum le bouleversa.

— À samedi.

Elle le fixa de ses fabuleux yeux violets.

Elle posa la main sur la sienne.

— Espérons que rien ne viendra se mettre en travers. Je n'y croirai que lorsque nous serons enfin en tête à tête. S'il se passe quoi que ce soit de fâcheux, je t'appelle.

Il lui effleura la joue de ses lèvres.

— Si par hasard nos téléphones disparaissaient pour une mystérieuse raison, nous savons où et quand nous retrouver.

— *Arrivederci*, Luca.

Il ne pouvait pas repartir aussitôt, pas après son allusion à ce qu'il s'était passé dix ans plus tôt. Et puis, après tant d'années, il pouvait enfin la contempler.

Après avoir traversé la rue sous les regards intéressés de tous les hommes, elle se dirigea vers son hôtel très réputé tandis qu'il la suivait des yeux. Dès qu'elle y eut pénétré, il redémarra, regagna son appartement, appela quelques patients, puis ouvrit un placard pour inventorier son matériel de camping.

Il passait la plupart de ses week-ends en montagne. Mais, bien qu'il ait un sac de couchage à deux places, il allait en acheter un neuf pour elle. Il n'avait besoin de rien d'autre. Le seul problème était de réussir à patienter jusqu'au samedi.

Le mercredi suivant à l'heure du déjeuner, Luca se rendit dans son magasin préféré d'articles de sport où il choisit un sac de couchage bleu au design très féminin, matelassé et transformable.

— Bonjour, docteur, lui dit le vendeur qui le servait habituellement. Joli bleu. C'est pour votre petite amie ?

— Disons que c'est pour une amie, répondit Luca en lui tendant sa carte de crédit.

— Dans ce cas, amusez-vous bien.

Muni de cet achat, il se rendit à son cabinet. Il préféra ne pas laisser le duvet dans sa voiture, au cas où un voleur en quête de drogue briserait la vitre.

Dès qu'il entra dans le hall, Adele se tourna vers lui.

— Votre père vous attend dans votre bureau, lui dit elle sur un ton accusateur.

— Merci.

À peine avait-il franchi la porte que son père l'apostropha.

— Je vois que tu as fait des achats chez Wasescha Sport. Je croyais que nous devions déjeuner ensemble.

Il déposa son paquet dans un coin.

— C'est vrai, papa, j'ai oublié qu'on était mercredi. Excuse-moi.

— Ta mère et moi aimerions bien que tu viennes dîner à la maison ce soir.

— Je verrai si c'est possible.

Son père allait sûrement lui demander ce qu'il avait fait durant le week-end. Des rides creusaient son visage.

— Que se passe-t-il, fiston ?

— Excuse-moi. Je suis préoccupé par deux de mes patients.

— Et peut-être également par une certaine jeune femme.

— Je ne vois pas ce que tu veux dire.

Son père fit la grimace.

— Si j'en crois ta réceptionniste, tu es parti d'ici en sa

compagnie vendredi dernier. Je crois qu'Adele espérait que tu l'inviterais. Je ne savais pas que tu voyais quelqu'un.

Luca s'assit à son bureau, se donnant le temps de réfléchir à sa réponse.

La réceptionniste avait remarqué la beauté exceptionnelle de Bella. Peut-être même avait-elle reconnu la princesse Baldasseri, comme le suggérait le regard sourcilleux de son père.

— Père ? Je vous aime beaucoup, mère et toi, tu le sais, et je vous suis reconnaissant de tout ce que vous avez fait pour moi. Mais vous ne vous rendez pas compte que je suis maintenant un adulte. Il faut que vous compreniez que je dois vivre ma propre vie, suivre mon propre chemin.

— Tu me caches quelque chose !

— Mais non. Je t'ai déjà tout dit. Et maintenant, ajouta-t-il avec fermeté, j'ai un patient qui m'attend.

Le vieux Dr Torriani bondit sans chercher à dissimuler sa colère.

— Je te préviens, cette conversation n'est pas terminée !

— J'appellerai maman pour lui dire si je suis libre ce soir.

Après le départ de son père, Luca eut l'impression qu'il venait d'échapper à une prison où il était resté enfermé dix ans. Une réflexion de Bella avait fait son chemin dans son esprit : « Nous sommes majeurs, seuls responsables de ce que nous faisons et libres de vivre comme nous l'entendons. »

Même si c'était perturbant, il était prêt à prendre définitivement son indépendance, et Bella aussi, c'était clair. Mais il redoutait que sa mère à elle ne leur donne aussi du fil à retordre.

Il passa le reste de la semaine dans l'attente du week-end.

Le samedi, il se leva dès l'aube et se prépara rapidement avant de rouler en direction de Scuol. En voyant sur le parking du garage une Kimera Lancia qui devait appartenir à Bella, il sentit son cœur se gonfler de joie, comme s'il regagnait enfin son pays natal. Il se gara sans arrêter son moteur, apercevant déjà dans son rétroviseur Bella qui venait vers lui, vêtue d'un jean, d'un T-shirt et de chaussures de montagne, un sac en toile à l'épaule, les cheveux dissimulés sous une casquette de base-ball qui ranimait en lui bien des souvenirs.

Elle ouvrit la portière côté passager et lança son sac sur le siège arrière.

— Dépêche-toi de partir avant que Dizo ne te repère ! dit-elle en s'asseyant à son côté.

Dizo, l'homme qui tenait le garage, avait été son mentor en matière de mécanique. C'était une vraie commère, et Bella le savait.

Luca s'empressa donc de prendre la route qui menait à la montagne.

— Ouf, je ne crois pas qu'il ait compris ce qu'il se passait, reprit-elle, l'air soulagé.

— Hum. Je croyais moi aussi qu'on n'avait pas été repérés vendredi soir, mais la réceptionniste nous a trahis : elle a raconté à mon père que j'avais quitté le cabinet médical en compagnie d'une inconnue, et il m'a demandé ce qu'il se passait. Le connaissant, je subodore qu'il a deviné que nous avons renoué à l'occasion du mariage de Vincenzo.

— Pareil de mon côté. Mère s'attendait à ce que je reste à l'hôtel avec mes grands-parents et elle après le mariage, mais Francesca m'a proposé de séjourner chez ses parents. Maman n'a pas pu refuser, mais ça ne lui a pas plu. Ce matin de bonne heure, sa femme de chambre m'a vue me glisser dehors avec mon sac. Je suppose que demain, dès que je rentrerai, j'aurai droit à un interrogatoire en règle, même si je suis censée être partie pour raison professionnelle. Je n'ai pas pu éviter non plus d'être repérée de l'équipe de sécurité. Nous allons être suivis, comme tu dois t'en douter.

— Ça m'est égal.

— À moi aussi, rétorqua-t-elle avec conviction.

Avec cette vieille casquette de base-ball du Club Alpin Suisse, elle était adorable.

Ils échangèrent un sourire.

— Comment s'est passée la fête en l'honneur de ton grand-père ?

— Mère avait invité un couple de vieux amis, le prince et la princesse Renaldo, les parents de mon amie Constanza, qui est venue elle aussi. Nous avons déjeuné sur la terrasse. J'ai offert à grand-père une traduction en romanche du Nouveau Testament qui date de 1560.

— Ça a dû lui faire plaisir. Mais maintenant je voudrais qu'on parle de la raison qui t'a poussée à venir me retrouver à Saint-Moritz, l'autre jour.

— D'abord, il faut que tu te rappelles que j'ai été très déprimée de ne plus pouvoir te voir, il y a dix ans, et que ça a bouleversé ma vie. Comme j'allais de plus en plus mal au fil des années, j'ai pris rendez-vous avec un psychologue, le Dr Pendergast, qui m'a demandé de lui raconter toute mon histoire depuis le début pour comprendre les raisons de ma dépression. Je vais te rapporter exactement ce qu'il m'a dit ensuite : « Bella, si vous ne pouvez plus jamais revoir ce jeune homme ni lui présenter vos excuses et l'aider, vous devez trouver un moyen d'aider d'autres personnes qui ont subi le même genre de traumatisme. Cela vous soulagera de ce sentiment de culpabilité que vous traînez depuis trop longtemps et qui mine votre santé. »

Elle avait l'air si triste que la colère de Luca en fut ravivée. Comment pourrait-il jamais pardonner à son père d'avoir détruit les lettres où elle lui faisait part de sa douleur et de sa culpabilité ? Durant toutes ces années, il avait cru qu'elle s'était désintéressée de lui. Parce que leurs familles respectives les avaient séparés et manipulés, il n'avait pas su qu'elle souffrait du même traumatisme que lui. Un comportement sans scrupule et même criminel...

Pourtant, lui, il ne s'était pas révolté. Il ne s'était pas battu pour elle. Quelles qu'en soient les raisons, il n'avait pas cherché à la rejoindre. Il s'était comporté comme un lâche, indigne d'elle. Mais c'était fini.

— Bella ? Il faut que je te dise quelque chose que j'ai appris seulement la semaine dernière : mon père interceptait toutes les lettres que tu m'écrivais dès qu'elles arrivaient. Il les a toutes détruites.

— Pardon ?

— C'est la pure vérité, ma mère me l'a révélé.

— Comment ton père a-t-il pu faire une chose pareille ? Pourquoi était-il si acharné à nous séparer ?

— Je ne sais pas, mais je veux le découvrir.

— Tu avais raison, Luca, ton père et ma mère faisaient une excellente équipe.

— C'est le mot juste. Heureusement que le Dr Pendergast a été là pour t'aider. Quelle perspicacité !

— Il est merveilleux. Ses conseils m'ont permis de trouver un nouveau but à ma vie. Puisque je ne pouvais pas utiliser mes compétences en marketing dans notre affaire de bois familiale, j'ai décidé de m'intéresser à ce que m'avait toujours conseillé ma mère.

Son attention rivée sur ce qu'elle lui dévoilait, il s'engagea sur la route de montagne qui dominait le chalet d'été des Baldasseri.

— Les organisations caritatives ?

— Oui. Je reconnais que c'est le travail qu'on propose traditionnellement aux princesses. Après mûre réflexion, j'ai décidé de servir la cause des enfants handicapés à la suite d'accidents ou de blessures comme la tienne.

— Dans ce domaine, les besoins sont immenses, comme tu as dû le découvrir rapidement.

— C'est vrai. Contrairement à toi, je ne suis pas médecin, mais pour une fois, je me suis rendu compte qu'un membre d'une famille royale pouvait servir à quelque chose.

Oh ! Bella...

— L'entreprise est loin d'être facile. Comment et quand as-tu commencé ?

— Effectivement, la tâche me semblait énorme. J'ai commencé à contacter diverses organisations, d'abord autour de Graubünden et de la Suisse orientale. J'ai passé des heures au téléphone à chercher les bonnes personnes. Un homme à Arosa a fini par me proposer un rendez-vous, et quand je lui ai expliqué ce que je voulais faire, il s'est montré très enthousiaste. Je lui ai précisé que je ne voulais pas que le nom de Baldasseri soit mentionné. J'ai donné celui d'Alectrona Cossu, et ça a marché.

— J'admire ton habileté et ta persévérance.

— Il m'a mise en contact avec des soignants et m'a parlé de deux enfants qui avaient besoin, l'un d'une main, l'autre d'un bras. Je me suis renseignée sur le prix des prothèses qui reste astronomique pour une famille pauvre sans assurance ou mal assurée. J'ai donc fini par écrire aux amis de ma famille pour leur demander de faire un don en faveur de ces deux enfants. Ils ont été émus par leur sort et se sont montrés généreux. Une fois les opérations terminées, j'ai envoyé aux donateurs des photos avant/après pour les remercier de leur contribution. Pour moi, ajouta-t-elle, les larmes aux yeux, cela compte énormément de recevoir des lettres qui témoignent de leur enthousiasme et dans lesquelles ils me demandent souvent ce qu'ils pourraient faire de plus. Cette expérience très positive m'a donné encore plus de raisons de continuer. Je ne dirais pas qu'elle a effacé la culpabilité que je ressentais à ton égard, mais cela m'a aidée à l'assumer.

— Tu es une femme remarquable, Bella.

Elle avait toujours été aimable et généreuse, mais cette entreprise prouvait qu'elle avait un cœur d'or.

— Pas remarquable, mais chaque fois qu'un enfant reçoit de l'aide, je ressens un peu moins douloureusement cette culpabilité qui m'accablait.

— Tu as payé mille fois pour un crime que tu n'avais pas commis. Aujourd'hui, ma chère Bella, il faut passer à autre chose.

— Cela m'a aidée de te revoir, beaucoup plus que tu ne pourrais le croire. Désormais, je considère mon action comme un véritable travail qui vaut la peine d'être accompli.

— Je suis content que tu en sois comblée. Mais quand tu es venue à mon cabinet, tu m'as parlé d'un garçon qui a besoin de…

— Oui. Il a onze ans et s'appelle Hasper Bazzell. Il y a un mois, il a perdu la jambe gauche sous le genou en conduisant un tracteur auquel son père lui avait interdit de toucher, balbutia-t-elle en fondant en larmes. Son père étant décédé un peu avant, il essayait de faire un travail d'homme pour soutenir sa mère. C'est comme ça que l'accident a eu lieu et qu'il a été renversé. Sa mère n'a pas beaucoup d'argent et ne sait pas comment l'aider.

La compassion dont faisait preuve Bella toucha profondément Luca.

— Je suis très impressionné, et je tiens à appuyer cette cause.

— Je ne veux pas que tu te sentes obligé de le faire.

— Je le sais bien. Mais nous voici arrivés à notre campement favori près du ruisseau. Nous reparlerons de ce garçon ce soir.

Jusque-là, ils n'avaient croisé aucun autre randonneur. La nature s'ouvrait à eux en toute liberté.

5

Dès qu'ils commencèrent à installer leur campement, Bella se crut revenue dix ans en arrière. Ils savaient tous les deux ce qu'ils avaient à faire : Luca se mit immédiatement à monter la tente, et à la vue de son corps en action, puissant et agile, elle eut le plus grand mal à se concentrer sur sa propre tâche. À l'aide des parpaings que Luca avait emportés, elle construisit un foyer à l'endroit même où ils l'avaient fait si souvent autrefois. Puis elle alla chercher du petit bois qu'elle disposa au centre. Quand ils décideraient de dîner, elle y ajouterait le charbon de bois et la grille. Dès qu'il eut terminé de monter la tente, Luca y rangea leurs duvets.

Quand elle voulut y pénétrer pour y placer les lanternes, elle s'arrêta net sur le seuil.

— Qu'est-ce que c'est que ça ? demanda-t-elle en découvrant le duvet bleu que Luca avait étalé au-dessous de la petite fenêtre.

— Ton nouveau sac de couchage, répondit-il en lui adressant un sourire malicieux.

Cela la fit fondre.

— Il est trop beau ! Rien à voir avec le vieux duvet que j'ai apporté, dit-elle en s'allongeant dessus. Quel confort ! Mais Luca, tu n'aurais pas dû...

— Ça me fait plaisir.

— C'est vraiment le rêve.

Elle aurait tout donné pour qu'il vienne l'y rejoindre, mais elle ne devait pas oublier que c'était déjà un miracle qu'il ait accepté de lui consacrer une journée et une nuit. Pourtant, cela ne lui suffisait déjà plus. Il fallait absolument qu'elle arrive, au cours de cette randonnée, à connaître le fond de son cœur.

— Viens, Bella. Ça te dit qu'on aille jusqu'à notre jardin d'Éden et ensuite qu'on revienne ici pêcher pour notre dîner ? J'ai une grosse envie de perche.

— Moi aussi. Ou bien de truite, dit-elle en sautant sur ses pieds, après avoir posé sur le duvet sa casquette qu'elle ne voulait pas emporter pour marcher.

Luca referma la tente et alla chercher deux gourdes d'eau dans la voiture avant de la verrouiller. Après les avoir accrochées à leurs ceintures, ils étaient prêts.

Au cœur des montagnes de son enfance, grisée par l'odeur des pins et le chant des oiseaux, elle se sentait comme transportée au pays des Merveilles. Même si elle ne passait que ce week-end avec Luca, elle le conserverait comme un trésor au fond de son cœur.

Ils se frayèrent un chemin dans la prairie fleurie de milliers de trolles.

— Quelle merveille, murmura-t-elle en caressant du bout des doigts leurs magnifiques globes d'or.

— Oui, c'est très beau, approuva-t-il d'une voix grave.

En se relevant, elle s'aperçut qu'il l'observait.

À quoi pensait-il en cet instant ? Elle aurait donné n'importe quoi pour lire au fond de son cœur. Éprouvait-il lui aussi ce sentiment de plénitude ? Pourquoi ne manifestait-il rien ? Il fallait absolument qu'elle sache si elle était la seule à être amoureuse.

Ils atteignirent bientôt une zone de forêt où ils tombèrent sur toute une famille de fouines au pelage gris et blanc, que Luca s'empressa de photographier.

— Elles sont mignonnes, tu ne trouves pas ? souffla-t-il.

— Adorables, vraiment.

— Les vrais prédateurs de la forêt, ce sont elles, pas les ours.

— Vincenzo m'a dit qu'un ours venu d'Italie est entré dans

la réserve de biosphère, il y a quelques années. Ils le surveillent. J'espère qu'on va en autoriser d'autres.

— Heureusement que le conservatoire d'espace naturel et ton frère sont là pour veiller sur l'environnement.

— Tu crois que ton père est au courant de ce que Vincenzo fait dans ce domaine ? demanda-t-elle après avoir pris une photo cadrée de façon à avoir à la fois une fouine et le profil de Luca.

— Certainement. Mais ton frère aura beau faire, jamais mon père ne renoncera à ses préjugés concernant la monarchie.

Elle regretta d'avoir mentionné son père.

Après avoir bu un peu d'eau, ils entrèrent dans une clairière située juste au-dessous de leur paradis. À mi-chemin, elle remarqua un oiseau, très haut dans le ciel.

— Regarde, Luca, ce ne serait pas un gypaète barbu ?

— Tu as l'œil. Ce rapace possède un plumage rougeâtre, très caractéristique.

Ils le photographièrent tous les deux, puis Luca prit une photo d'elle. Troublée, elle accéléra le pas pour arriver au petit Éden de leur enfance.

En dix ans, le sous-bois s'était épaissi. Au-dessus d'eux, les branches des arbres se tressaient en une voûte semblable à celle d'une cathédrale.

— Je ne vois plus trace des lièvres, remarqua-t-elle en regardant à la ronde.

— Depuis dix ans, ils doivent avoir rejoint leur paradis à eux.

— Ici, ils étaient déjà très heureux.

— Moi aussi, reconnut-il. Tu te rappelles quand tu nous as dit, à Vincenzo et à moi, que tu aimerais y passer ta vie avec nous ?

— Je disais tellement de bêtises, murmura-t-elle en rougissant.

— Non, pas des bêtises. J'éprouvais le même sentiment que toi. Ici, ni règles ni interdictions. Personne ne nous disait ce que nous devions faire.

— Libres, murmura-t-elle.

— Exactement. Il n'y a rien de meilleur.

— Pour moi, c'était comme ça avant que...

— Avant que notre monde imaginaire ne disparaisse ? compléta-t-il.

— Au fond, répondit-elle en soupirant, ce n'était peut-être pas une bonne idée de revenir ici. Ces souvenirs sont encore douloureux. Redescendons plutôt pêcher dans le ruisseau. Tu as apporté ton permis de pêche ?

— J'en ai apporté un pour nous deux.

— Tu penses toujours à tout.

— Mais non : j'ai oublié les filets que vous utilisiez, Vincenzo et toi, quand vous n'aviez pas réussi à sortir en douce avec vos cannes à pêche.

En riant, elle reprit sa marche sous les rayons du soleil déclinant.

— J'aimerais que tu me parles de ton action caritative, dit-il après l'avoir rattrapée. Combien d'enfants as-tu déjà aidés ?

— À peu près trente-cinq, mais il y en a tant d'autres qui auraient besoin d'être soutenus par quelqu'un qui ait rencontré les mêmes problèmes que toi.

— En ce qui me concerne, tu te trompes. Je me suis remis en quelques semaines, et ensuite je suis parti à la fac dans l'Ohio. Mon père voulait que je devienne allergologue comme lui, mais je lui ai dit que je préférais devenir chirurgien orthopédique, comme le médecin qui m'avait opéré.

— Comment cela s'est-il terminé ?

— On s'est disputés. Il m'a donné des tas de raisons pour me convaincre que je faisais le mauvais choix. Il m'a dit que j'allais souffrir d'épuisement, de dépression, que je risquais de commettre des fautes professionnelles. Et aussi que ces études coûtaient trop cher par rapport à ce qu'elles rapportaient.

— Pourtant, il devait être très reconnaissant envers le chirurgien qui avait opéré ta jambe ?

— Je n'en sais rien. Mais moi, je l'étais, et quand je le lui ai rappelé, pour une fois, il ne m'a pas contredit. Ensuite, pour ma rééducation, on m'a envoyé auprès d'un médecin du sport dont l'approche m'a plu et qui m'a fait découvrir des possibilités que je n'avais jamais envisagées. Quand j'ai commencé médecine, j'ai dû faire un choix qui n'a pas plu à mon père. De toute façon, il n'a jamais approuvé aucune de mes décisions.

— Tu es quand même devenu médecin. Cela aurait dû le satisfaire.

— Jusqu'à un certain point. Un médecin est toujours un médecin, comme une princesse reste toujours une princesse, même si elle n'a pas envie qu'on la considère comme telle.

Non, elle n'en avait pas envie, et elle aurait préféré qu'il parle d'autre chose.

Ils regagnèrent leur campement, Luca sortit du coffre leurs cannes à mouche, et elle prépara le feu pour faire cuire le poisson qu'ils pêcheraient.

— Quelle mouche préfères-tu ? demanda-t-il.

— Devine.

Il posa sur la ligne sa mouche favorite.

— La nymphe d'éphémère, ma préférée ! Elle m'a toujours porté chance.

— Je le sais bien, et tu es la meilleure pêcheuse que je connaisse.

— Tu en as beaucoup sur ta liste, docteur Torriani ?

— Sans doute pas autant que toi de princes pêcheurs avec qui tu t'es amusée durant ces dix dernières années.

Malgré l'âpreté de sa blessure secrète, elle ne put s'empêcher de pouffer de rire.

— Pour ce soir, répondit-elle, j'aimerais que nous soyons simplement Luca et Bella, deux copains de lycée qui n'ont pas pu assister au bal de fin d'études.

Dans la voix de Bella, la douleur qui faisait écho à la sienne transperça le cœur de Luca.

— Viens, Bella. Le dernier chez qui ça mord préparera le dîner.

Il se précipita vers la rive, et elle le suivit en poussant des cris d'excitation.

Durant une demi-heure, ils pêchèrent dans leurs coins préférés, et l'eau se révéla très poissonneuse. Bella lançait sa canne comme une déesse, avec la précision d'un cow-boy cherchant à prendre un veau au lasso. À la grande surprise de Luca, ils sortirent ensemble de l'eau deux belles truites.

Il s'approcha d'elle pour retirer l'hameçon de son poisson.

— Puisque nous sommes ex aequo, c'est moi qui les viderai et toi qui les feras cuire, dit-il.

Pendant qu'elle surveillait la cuisson, il installa deux chaises et une petite table de camping.

Avec ce poisson cuit à la perfection et la salade et les fruits qu'il avait apportés, jamais il n'avait fait meilleur repas de sa vie. La présence de Bella rendait cette soirée magique.

La nuit tomba tandis qu'ils terminaient leur repas.

Il rangea toutes les affaires dans le coffre à la lumière d'une lanterne, avant de la rejoindre à l'intérieur de la tente où elle se préparait pour dormir.

— Toc, toc, chuchota-t-il à l'entrée, attendant qu'elle ouvre la glissière.

— Tu as oublié le mot de passe ?

— Non, mais je n'étais pas certain que tu t'en souviennes.

C'était Vincenzo qui l'avait choisi des années plus tôt : « Winky », le diminutif d'Arnold Winkelried, un héros suisse du XIVe siècle.

— Toi d'abord.

— Non, notre mot de passe n'était pas « toi d'abord », rétorqua-t-il pour plaisanter.

— Luca...

— Je vois que tu l'as oublié. Je vais dormir dans la voiture.

Prise de panique, Bella cria « Winky » en abaissant la glissière. Ensemble, ils éclatèrent de rire, et il se dit que, à la lumière de la lanterne, avec ses cheveux brillants répandus sur les épaules, son T-shirt noir orné du logo de la Croix-Rouge et son bas de pyjama à carreaux noir et blanc, elle était la plus belle femme du monde. Il aurait bien voulu la serrer dans ses bras, mais elle était destinée depuis longtemps à un autre, à un prince...

— Dois-je prononcer le mot de passe pour entrer ?

— Non, Luca, répondit-elle en le fixant de ses grands yeux

violets. Tout ce que je te demande, c'est d'ôter ton armure et de redevenir le garçon d'avant l'avalanche. Tu ne peux donc pas me regarder comme si j'étais une femme ordinaire ? Ou est-ce une excuse, parce qu'il y a dans ta vie une femme qui, elle, compte vraiment ? Si c'était le cas, je le comprendrais parfaitement. J'en serais même ravie pour toi.

— Si nous nous installions confortablement dans la tente pour en discuter ? répondit-il, désarmé par son sérieux.

— Bien sûr.

Il la suivit avant de refermer l'ouverture.

— Ferme les yeux pendant que je me change.

Elle était déjà blottie dans son duvet.

— Nous ne faisions jamais ça.

— Alors, profite du spectacle.

— Quand nous étions ensemble, ça m'est arrivé plus d'une fois, répliqua-t-elle en riant.

— Désolé de l'apprendre. Je ne tiens pas à en savoir davantage.

Il éteignit la lanterne et se changea en quelques secondes, mais il garda ses chaussures et s'allongea sur son sac de couchage avant de rallumer et de se tourner vers elle.

— Ta mère a été bien inspirée de t'appeler Alectrona. Tu ressembles tout à fait au portrait de cette déesse que j'ai vu dans un musée, même quand tes cheveux sont attachés. C'est étonnant.

— Quand on s'est connus, mes cheveux étaient juste assez longs pour que je puisse faire une natte. J'aurais aimé les couper, mais ma mère pensait que ça ne m'irait pas, alors je les ai laissés pousser. Toi, tu n'as pas changé de coiffure.

— À Colombus, j'ai eu ma période « cheveux longs ».

— Ça te plaisait ?

— Quand mes parents sont venus me voir, mon père a poussé des cris.

— Et tu les as tout de suite coupés ?

— Bella, tu ne changeras jamais. Pour tout avouer, ils étaient trop raides, alors ils me tombaient toujours dans les yeux.

— Tu as une photo ? s'enquit-elle en se soulevant sur le coude ?

— Oui, quelque part.

— J'aimerais bien la voir.

— Pourquoi ?

Ses yeux violets cherchèrent les siens.

— Je voudrais rattraper les dix années que j'ai manquées. Tu te rends compte que, dans notre enfance, sauf pendant les vacances, nous nous voyions chaque jour, tous les trois ?

Oui, même s'il avait désespérément tenté de l'oublier.

— Toi, tu trouves que ta vie a un sens ? Je ne parle pas de tes activités de médecin, mais de ta vie d'homme.

— Drôle de question.

— Qu'aurait été notre vie si je n'étais pas une princesse et si nous formions un couple ordinaire ? Pendant que l'avalanche dévalait la montagne, tu m'as embrassée tendrement et tu m'as dit : « Moi aussi, Bella, je t'aime, et je t'aimerai toujours. »

Il avala une gorgée d'eau au goulot de sa gourde avant de répondre.

— Je le pensais vraiment, mais tu étais bel et bien une princesse et nous étions encore très jeunes. Il nous fallait grandir pour devenir des adultes raisonnables.

— Là, tu récites la leçon que nos parents nous rabâchent depuis dix ans, non ?

— Oui, elle est devenue mon mantra par la faute du destin.

— Personne ne le sait mieux que moi. Mais maintenant que nous sommes adultes et que nous nous sommes retrouvés, les règles ont changé. Je suis en âge de vivre avec l'homme que je veux.

— Oui, à condition que ce soit un prince. Antoine, par exemple.

— Non. Ça, c'est ce que voudrait ma mère. Depuis que je t'ai revu au mariage de mon frère, j'ai redécouvert tout ce que tu représentais pour moi. Jamais je ne serai heureuse avec personne d'autre, dit-elle en fondant en larmes. De ton côté, si tu ne t'es pas marié parce que tu n'as pas rencontré la bonne personne, très bien. Mais si tu ressens ce que je ressens et si aucune femme ne te convient sauf moi, je te demande en mariage.

Il se sentit frémir tout entier et se redressa.

— Qu'est-ce que tu dis ?

— Je ne suis plus une princesse, j'en ai officiellement terminé avec cette partie de ma vie : je viens d'écrire au roi Leonardo pour lui dire que je renonçais à mon titre et que je vivrais désormais comme une roturière.

— Tu as...

— Exactement.

— Mais Bella, tu te rends compte des conséquences désastreuses que cette renonciation à ton droit de naissance va entraîner pour toi ?

— Je n'en sais rien. On verra bien.

— Et s'il n'accepte pas ta décision ?

— S'il ne veut pas la mettre à l'ordre du jour du Parlement, peu importe. Après tout, Vincenzo a bien épousé une roturière, alors pourquoi m'empêcherait-on d'en faire autant ? Je suis plus jeune que lui et moins bien placée dans la ligne de succession, surtout si l'on considère que Francesca et lui veulent fonder une famille. J'ai décidé de mener désormais ma vie en toute liberté.

Il avait l'impression de rêver.

— La question est : veux-tu de moi, toi aussi ? reprit-elle. Bien sûr, si je ne suis pas la femme de ta vie, cela change tout. Mais si tu veux bien de moi, nous pourrons vivre ensemble comme tu voudras et aussi longtemps que tu voudras.

— Bella, tu ne sais pas ce que tu dis...

— À toi de décider selon tes propres critères. De mon côté, je ferai tout mon possible pour te voir et te rejoindre là où tu voudras et quand tu voudras, en fonction de ton emploi du temps professionnel. Nous pourrions même vivre ensemble, si tu en as envie. Pour toi, je ferais n'importe quoi. Mais toi, es-tu aussi amoureux de moi ?

Vivre ensemble...

— Bella, tu te rends compte de ce que tu dis ?

— Je ne pense qu'à ça depuis des années.

— Arrête ! Tu regretteras forcément un jour de m'avoir fait cette proposition. Je me sens tenu de te protéger contre toi-même.

Elle secoua la tête, le visage grave.

— Je le vois bien. Mes paroles ne t'ont pas enflammé autant que je le suis. Ma réponse, je l'ai.

— Quelle réponse ?

— Tu n'éprouves pas les mêmes sentiments que moi, et tu ne me crois pas capable de régler mes affaires moi-même. Je préfère donc que tu me raccompagnes en ville maintenant plutôt que de rester ici toute la nuit avec toi, dit-elle en sortant du sac de couchage pour se relever. Rangeons tout ça et rentrons. Je suis prête.

Il la regarda replier son duvet dans l'enveloppe.

Regrettait-elle déjà d'avoir décidé de renoncer à son titre ?

Il n'osait pas le lui demander, mais elle semblait avoir compris ce qu'il avait en tête.

— Après t'avoir retrouvé, jamais plus je n'accepterai d'agir contre mes propres sentiments. Dès que je serai rentrée, je quitterai le palais, et je m'installerai dans un appartement que je louerai avec l'argent que j'aurai gagné en travaillant. Je vais trouver un emploi tout en continuant à m'occuper de mon organisation. Dès aujourd'hui, je veux vivre ma vie en tant que Bella Baldasseri, citoyenne ordinaire de Scuol.

Il n'arrivait pas à croire ce qu'il entendait.

— Je vais te ramener, Bella. Tu ne sais pas encore à quoi tu vas devoir faire face, mais j'espère que tu ne regretteras pas ta décision. Pour toi, ce sera comme une nouvelle naissance.

— C'est bien mon intention, Luca. Renaître libre. Tu viens ou vais-je devoir redescendre à pied ? Dans ce cas, pas de problème, j'ai toujours mon spray anti-ours.

Il lui tendit les clés de la voiture.

— Vas-y et attends-moi à l'intérieur.

6

Pendant que Luca repliait la tente, Bella s'assit dans la voiture pour l'attendre.

Elle l'avait fait.

Depuis qu'elle avait revu Luca au mariage, c'était elle qui l'avait rejoint dans le taxi, c'était elle qui avait débarqué à son cabinet à Saint-Moritz. C'était elle qui avait eu l'idée de camper dans la montagne. Et, pire que tout, c'était elle qui avait suggéré qu'ils pourraient vivre ensemble.

Une fois de plus, elle avait transgressé les règles pour le séduire, espérant ainsi l'amener à manifester ses véritables sentiments. Mais maintenant elle les connaissait, car elle avait commis la pire des fautes : c'est l'homme qui doit garder le monopole de la séduction. En prenant le risque d'aller contre cette loi non écrite, elle avait découvert qu'il n'était pas amoureux d'elle.

Pourtant, elle ne regrettait rien. Dès son retour, elle appellerait *nonna* Caderina et lui raconterait qu'elle avait fait passer à Luca l'ultime épreuve. Mais pour le moment il la raccompagnait chez elle parce qu'il n'y avait plus rien à ajouter. Tout avait été dit.

Elle souffrait que Luca ne se soit pas comporté honnêtement et n'ait pas simplement refusé d'emblée ce qu'elle lui offrait, comme il l'aurait fait avec une femme ordinaire. Non, il la verrait toujours comme une princesse intouchable. Dans leur enfance, ils avaient grandi avec Vincenzo dans une bulle paradisiaque, mais dix ans s'étaient écoulés depuis, et elle était la seule à y être restée volontairement enfermée : son frère et Luca étaient allés de l'avant et vivaient leur propre vie. Pourquoi, à elle, il lui avait fallu atteindre vingt-six ans pour le comprendre ?

Honteuse de son immaturité, elle regarda par la fenêtre durant tout le trajet jusqu'au palais.

Dès que Luca se fut garé, elle sortit et prit son duvet sur le siège arrière.

— Merci pour cette charmante promenade. Te revoir m'a permis d'exprimer mon regret pour ce qu'il s'est passé il y a dix ans. Grâce à ta bienveillance, j'ai pu revivre certains épisodes de notre passé, et je t'en saurai toujours gré.

Elle passa devant le garde qui se tenait à l'entrée du palais et demanda que l'on envoie quelqu'un chercher sa voiture au garage le lendemain matin.

Arrivée dans sa suite, elle laissa tomber son sac et s'effondra sur son lit. Sa casquette roula sur le sol.

— Bella ?

En tournant la tête, elle découvrit sa mère, toujours impeccablement vêtue, qui ramassait la casquette pour la poser sur la commode.

— Il faut que nous parlions, dit-elle en s'asseyant dans un fauteuil, les bras croisés.

— Qu'est-ce qui ne va pas ?

— Différentes choses. L'aide-soignante de maman m'a appelée de Sardaigne pour me dire qu'elle avait attrapé un mauvais rhume.

— C'est bien ce que je pensais. Quand je lui ai parlé l'autre jour, sa toux avait encore empiré. Je me fais beaucoup de souci pour sa santé.

— Si ça ne s'arrange pas, j'aimerais que tu m'accompagnes là-bas. Malgré ton emploi du temps chargé, tu vas devoir programmer ce voyage.

— Pauvre *nonna*, elle ne s'est jamais remise de la mort de *nonno*. Je viendrai avec toi, évidemment. Je l'adore.

— Mais j'ai d'autres inquiétudes. Sachant que tu étais partie camper et non pas t'occuper de tes œuvres caritatives, je devrais être rassurée que tu sois rentrée ici avant la fin du week-end.

Bella respira à fond plusieurs fois de suite. Elle savait déjà ce qui allait suivre.

— C'est Luca que tu devrais remercier. Son père et toi, vous avez réussi à le programmer aussi efficacement que les robots que fabrique la famille de Constanza. Il est si stylé qu'il m'a laissée repartir aussi pure et intacte que l'or de la mine à l'origine de la fortune des Baldasseri.

— Te rends-tu compte de la manière dont tu me parles ? s'écria sa mère en fronçant les sourcils.

— Et moi, je n'arrive pas à croire que papa et toi, vous vous soyez alliés avec le Dr Torriani pour nous éloigner l'un de l'autre définitivement, Luca et moi. Leur déménagement à Saint-Moritz, quelle idée de génie !

— C'est Vincenzo qui te l'a dit ?

Incapable de se calmer, elle sauta sur ses pieds, les poings serrés.

— Non. Luca et moi l'avons découvert dès que nous nous sommes revus, au mariage de Vincenzo.

— Et vous vous êtes de nouveau rencontrés par la suite...

— Plusieurs fois, comme tu le sais jusque dans le moindre détail.

— Et le prince Antoine ?

— Quoi, le prince Antoine ?

Sa mère bredouilla quelques mots incompréhensibles avant de répondre.

— J'avais interdit à Vincenzo d'inviter Luca à son mariage, mais il m'a désobéi.

— Sans doute pour la première fois de sa vie ! Sauf, bien sûr, quand il a décidé d'épouser Francesca avant même que tu ne découvres les problèmes de son ex-fiancée. Comment as-tu pu croire qu'il allait se soumettre alors que Luca avait été durant des années son meilleur ami ?

Le visage de sa mère se crispa.

— Tu sais très bien pourquoi nous...

— Oui, je le sais ! s'exclama Bella en défaisant sa tresse. Parce que j'étais la princesse Baldasseri et que je devais « épouser un prince qui convienne à ma condition ». Ce sont exactement les mots que tu as prononcés ce soir-là, à l'hôpital. Mais, heureusement, je ne suis plus une princesse.

— C'est pourtant ton destin, Bella, déclara sa mère en la fixant de ses yeux bleus étincelants.

— Plus maintenant, maman. Appelle le roi Leonardo, il t'informera que j'ai renoncé à mon titre.

Sa mère bondit de son siège.

— C'est impossible !

— Tu verras bien, et cesse de te tourmenter pour mon avenir.

— Tu agis de façon ridicule.

— Pas du tout, j'agis de façon honnête. Luca est le seul homme que j'ai aimé et que j'aimerai jamais, mais il n'a pas accepté de m'épouser. Sinon, cela ferait des années qu'il m'aurait retrouvée et qu'il m'aurait proposé de m'enfuir avec lui.

Une heure plus tôt, elle avait pu constater quels sentiments il éprouvait vraiment à son égard. Elle s'approcha de sa mère pour l'embrasser sur la joue.

— Je t'aime plus que tu ne le crois. Toi, tu as toujours été ravie d'être une princesse, et tu aurais voulu que je vive la même vie que toi. Je comprends parfaitement que vous ayez été poussés à agir comme vous l'avez fait, papa et toi, et j'espère que tu continueras à m'aimer maintenant que je suis une roturière. Moi, je continuerai à m'occuper de mon organisation, mais avant tout, maman, je veux vivre ma vie en parfaite liberté.

Sa mère la contempla d'un air désespéré, visiblement incapable pour une fois de prononcer le moindre mot.

— Pendant que je prends ma douche, reprit Bella, pourquoi n'appellerais-tu pas le père de Luca pour lui annoncer que le problème est définitivement résolu ? Cela le décidera peut-être à cesser de contrôler la vie sentimentale de son fils, sans parler de tout le reste. Je te le répète, tu n'as plus sujet de t'inquiéter, et le Dr Torriani non plus.

Cela dit, elle s'enferma dans la salle de bains, et ce ne fut que sous la douche, quand l'eau ruissela sur ses joues, qu'elle s'autorisa à pleurer.

Durant la nuit, Bella pleura beaucoup et dormit peu, mais le matin, elle sécha ses larmes.

Sa décision était prise.

Après avoir fréquenté l'université en Angleterre, Vincenzo avait vécu hors du palais pendant cinq ans, jusqu'à la mort de leur père, ce qui lui avait permis de profiter de sa vie de célibataire. Pour de multiples raisons, elle avait envie de suivre sa trace et d'enchaîner les liaisons ou de vivre seule, à sa guise, même si elle ne pourrait pas empêcher sa mère de garder un œil sur elle, car princesse ou pas, sa sécurité devait être assurée.

Durant la période où elle avait travaillé, elle avait fait quelques économies, et elle possédait une voiture. Il ne lui restait plus qu'à chercher sur son ordinateur un trois-pièces à Scuol. Une des chambres lui servirait de bureau pour continuer à s'occuper de son organisation, et elle pourrait y recevoir les personnes qui désireraient la voir. Naturellement, elle resterait en contact avec sa mère et ses grands-parents et leur rendrait souvent visite.

Heureuse de cette décision qui lui garantissait une certaine autonomie, elle s'installa dans son bureau pour consulter son ordinateur. Deux heures plus tard, elle envoya un message à sa mère pour lui dire qu'elle sortait et qu'elle serait de retour pour le dîner, puis elle déjeuna dans un drive avant d'interroger un site de locations à la recherche d'un meublé à Scuol. Elle se souvint alors que Vincenzo avait loué dans la résidence Les Épicéas une maison individuelle avec véranda et vue sur les montagnes. Quand elle étudiait à Genève, elle était venue le voir à quelques occasions le week-end, alors qu'il venait d'acheter Karl. Elle était tombée amoureuse du chiot. D'excellents souvenirs.

Elle aurait bien aimé louer la même maison, mais elle avait été rachetée par ses occupants. Néanmoins, en une heure, elle n'eut aucun mal à trouver à Silvretta Lodge un trois-pièces agréable, en rez-de-chaussée car elle n'avait pas envie d'avoir un escalier à monter. Il était parfait, refait à neuf, avec un ameublement simple et moderne, et la propriétaire était extrêmement sympathique. Après la vie compassée qu'elle menait au palais, elle avait l'impression de respirer un air frais.

Ce soir, elle ferait part à sa famille de ses projets, et elle emménagerait le samedi suivant. Bientôt, elle allait pouvoir inviter Vincenzo et Francesca à venir déguster une fondue au fromage pour fêter l'événement.

Le samedi matin, elle se leva de bonne heure. Heureusement, la santé de sa grand-mère s'améliorait, et il n'était plus nécessaire qu'elle accompagne sa mère en Sardaigne pour le moment. Elle enfila un jean et un haut jaune ras-du-cou, s'attacha les cheveux en queue-de-cheval pour ne plus avoir à y penser, et après son petit déjeuner, elle fut prête.

Par définition, l'agrément d'un appartement meublé, c'est que cela évite d'acheter des meubles. Lorsqu'elle aurait entassé dans sa voiture ses vêtements, ses objets de toilette, quelques accessoires de cuisine et son matériel de bureau, elle entamerait un nouveau chapitre de sa vie – un chapitre dont Luca était exclu. La météo du jour était pluvieuse et la température avait chuté, mais en se dépêchant elle devancerait l'averse.

Après une douzaine d'allers-retours à sa voiture pour y charger ses affaires, elle partit pour sa nouvelle demeure.

Arrivée dans sa nouvelle résidence, elle stationna sur son emplacement réservé et saisit son sac posé sur le siège avant. Mais, au moment où elle ouvrait sa portière pour sortir, une haute silhouette masculine l'en empêcha.

En levant la tête, elle rencontra deux yeux émeraude qu'elle croyait ne jamais plus revoir. Heureusement qu'elle était encore assise, sinon elle se serait trouvée mal.

— Baisse la tête et reprends ton souffle, Bella, dit une voix profonde et grave. Ça va mieux ?

— Oui, je... J'arrive à respirer, balbutia-t-elle.

— Tant mieux, mais reste encore assise, répondit-il, sur ce ton amusé qu'elle connaissait bien.

Il portait un vieux jean et un pull bleu marine, la couleur qui, selon elle, lui allait le mieux.

— Peux-tu m'expliquer comment tu...

— Vincenzo est rentré de son voyage de noces. J'étais sur le point de te téléphoner quand il m'a appelé. Ta mère lui a annoncé que tu avais renoncé à ton titre et que tu emménageais ici aujourd'hui même. Plutôt que de t'appeler, j'ai préféré venir.

— Que ferions-nous sans Vincenzo ? Mais je crains que tu n'aies fait ce trajet en vain.

— Le soir où nous avons campé, tu m'as proposé de vivre avec toi. Cela faisait vingt ans que j'en rêvais, mais en rentrant chez moi, sous le choc, je me demandais encore si ce que j'avais cru entendre était bien vrai.

— Oui, en effet, cela a dû te surprendre.

— Tandis que je roulais vers Scuol, un flot de pensées contradictoires ont envahi mon esprit, et surtout, j'ai admiré ton courage d'envisager un avenir entièrement centré sur moi. Au point que j'aurais presque voulu te protéger de toi-même avant que tu ne regrettes d'être allée trop loin.

— Je n'ai pas besoin d'être protégée, Luca.

— Je m'en suis rendu compte. Tu as dit que si tu étais certaine que je t'aimais, tu ferais n'importe quoi pour moi.

— C'est vrai, reconnut-elle, crispant les doigts sur le volant. Maintenant, elle regrettait cet aveu.

— Bella, je suis terriblement amoureux de toi. Je l'ai toujours été. Je t'aime de tout mon cœur et de tout mon corps, et d'ailleurs tu l'as toujours su.

— Non, Luca, répliqua-t-elle en relevant la tête. Tu m'as raccompagnée au palais sans prononcer le moindre mot. Si on considère que moi, j'ai été jusqu'au bout de la franchise avec toi, pour un homme qui se dit amoureux, c'était une drôle de réaction.

— Après notre soirée sous la tente, j'avais des tas de choses à mettre au clair avant de pouvoir te fournir une réponse. Mon erreur a été de ne pas rester dans cette tente pour t'aimer et nous faire oublier tout le reste.

— Non, tu n'as commis aucune erreur. Avec moi, jamais tu n'as fait preuve de spontanéité, jamais tu ne t'es précipité vers moi, sauf peut-être cette unique fois, dans la montagne, quand j'étais en danger.

— Bella…, souffla-t-il d'une voix rauque.

— Ce silence m'a été profitable, et j'ai eu toute la semaine pour me demander si j'avais vraiment envie d'être seule et indépendante. Eh bien, oui. L'idée de vivre la vie normale d'une roturière comme des millions d'autres femmes me plaît beaucoup. Je te remercie d'être revenu, mais ce n'était pas nécessaire. Et maintenant, il faut que je m'installe, j'ai des tas de choses à faire.

— Bella, je comprends que mon silence me condamne à tes yeux. J'ai eu tout faux, et je te demande de me pardonner. Je t'aime plus que tout au monde.

— Je ne doute pas que tu m'aimes, à ta façon. Notre histoire est unique, mais comme le temps l'a prouvé, nous ne sommes pas faits l'un pour l'autre.

— Le temps n'a rien prouvé du tout, Bella. Donne-moi une chance de te convaincre que nous sommes indispensables l'un à l'autre. Te sens-tu en état de conduire ?

— Pourquoi me poses-tu cette question ?

— Ma voiture est garée un peu plus loin. Quand tu t'en sentiras la force, je voudrais que tu me suives avec la tienne. Nous n'irons pas loin, et je t'expliquerai alors pourquoi je ne veux pas que tu emménages dans cet appartement. J'ai tellement à te dire.

— Et ensuite, tu repartiras sans avoir répondu à mes questions, comme tu l'as toujours fait ?

— Je t'en prie, Bella ! Si nous partons maintenant, nous pourrons échapper à la pluie.

La pluie se mettait déjà à tomber. Pour rester ferme dans sa résolution, elle avait besoin d'aller boire une tasse de café.

— Désolée, mais j'ai autre chose de prévu.

— Ce n'est pas vrai...

Comme Luca restait là, elle démarra, et sans insister davantage, il fit quelques pas de côté pour lui permettre de reculer.

Lorsqu'elle regagna son nouvel appartement sous un vrai déluge, elle tremblait encore de sa rencontre avec Luca. Mais, à la seconde où elle sortit de la voiture, une main ferme se posa sur son bras, et elle poussa un cri.

— Puisque tu n'es plus une princesse et que je suis un homme normal, je vais te traiter comme la femme normale que tu as toujours voulu être.

— Non, Luca ! s'écria-t-elle tandis qu'il la soulevait dans ses bras pour la déposer dans sa propre voiture sur le siège du passager.

Puis, il referma la portière et fit le tour pour prendre le volant.

— Tu veux des réponses, *bellissima* ? Eh bien, tu vas en avoir.

Il démarra et passa devant le garage où il avait travaillé. Quand ils atteignirent Les Épicéas, il entra dans la résidence, et tandis qu'ils remontaient l'allée, elle sentit son cœur battre bien trop vite.

— Mais c'est la résidence où mon frère avait loué un appartement !

— Oui, il y a vécu un certain temps, dit Luca en se garant devant l'entrée du bâtiment.

Après lui avoir ouvert la portière, il pénétra dans l'immeuble. Elle le suivit en s'égouttant, mais elle était toujours trempée. Il la fit entrer dans un appartement et la guida vers le salon, où il l'enveloppa d'un plaid pour la sécher.

— La température a terriblement fraîchi. Je vais monter le chauffage. Je m'étais fait du café avant d'aller te retrouver. Tu en veux une tasse ?

— Je veux retourner chez moi.

— Pas avant que je ne t'aie donné ma réponse. Viens dans la cuisine et assieds-toi.

Elle le suivit et s'assit à table, le corps frémissant encore d'avoir senti ses doigts sur ses épaules. Elle était déjà venue là plusieurs fois, mais quand son frère y résidait, l'ameublement était différent.

— Mon frère te prête son appart ?

Luca posa sur la table deux mugs de café avant de s'asseoir en face d'elle.

— Tu n'es pas au courant ? Quand j'étais au lycée et que je travaillais dans le garage après les cours, je passais devant cette résidence, et je me disais que ce serait sympa d'y habiter quand je serais adulte. Je l'ai dit à Vincenzo, qui m'a remercié pour l'info. Lui aussi, il trouvait cet endroit idéal pour y vivre quand nous serions indépendants. Une des rares fois où je suis revenu chez moi pendant mes études de médecine, il m'a appelé...

— Tu es revenu à Scuol depuis l'Ohio ?

Il était donc ici, et elle n'en avait rien su...

— C'était l'anniversaire de ma mère, et je lui avais fait la surprise. Ton frère venait de rentrer de Londres. Il m'a dit que tu n'étais pas là, sinon je lui aurais demandé de te faire signe. Nous sommes venus ici pour voir s'il y avait quelque chose à louer. C'était le cas, et comme il avait de l'argent, il a pu y emménager. Je me souviens que vos parents étaient furieux.

Elle avala une gorgée de café tout en méditant sur cette étonnante information.

Incroyable ! C'était donc l'idée de Luca !

— Nous avons décidé que, après avoir terminé mes études, j'emménagerais moi aussi ici et que nous y mènerions une joyeuse vie de célibataires, reprit-il après un court silence. Hélas, mon père m'a contraint à modifier ces projets, et votre père est mort.

— Oui, et ma mère a supplié Vincenzo de rentrer au palais.

— Il savait qu'elle avait besoin de lui. Lorsqu'il a quitté l'appartement, le groupe qui possédait Les Épicéas l'a mis en vente, et je l'ai acheté comme investissement il y a un an.

— Mais tu vis à Saint-Moritz...

— Ça fait quatre jours que je n'y vis plus.

— Comment ?

— C'est pour cette raison que je ne t'ai pas fait signe jusqu'à ce matin. J'étais trop occupé à emménager.

Elle crispa malgré elle les doigts sur son mug. Elle n'y comprenait plus rien.

— Plus important encore, cela fait plus d'un an que l'Institut Lemond, ici, à Scuol, m'a proposé de travailler pour eux. Si mon père n'avait pas planifié ma vie depuis mon retour d'Allemagne, cela fait longtemps que j'aurais accepté. C'est ce que j'ai fait cette semaine, et j'ai donc démissionné du cabinet médical de Saint-Moritz. Tout cela, pour que nous puissions vivre ensemble, toi et moi.

Elle le contempla, incrédule.

— Tu es vraiment sérieux ?

— Comment réussir à t'en convaincre ? dit-il en tirant de sa poche un double anneau d'or blanc orné de deux améthystes. Je t'aime depuis notre enfance. La première fois que je t'ai vue, tes yeux étaient de cette couleur. Tu as toujours été mon épouse de cœur. Pardonne-moi d'avoir mis si longtemps à te répondre, mais je voulais que tout soit réglé, car je veux t'épouser et vivre ici avec toi.

— M'épouser ? répéta-t-elle, sous le choc, les yeux pleins de larmes. Oh ! Luca ! Si seulement tu m'avais dit ça pendant que nous campions.

— Je t'ai déjà expliqué pourquoi je ne l'ai pas fait.

— C'est toute la différence, entre nous. À ce moment-là, j'étais prête à tout bazarder pour rester avec toi. Mais toi, tu ne m'as même pas dit que tu étais amoureux de moi, tu ne m'as même pas prise dans tes bras. C'est toi qui as choisi, et depuis, il s'est produit un changement en moi. Mon amour pour toi reste le même, mais en ce qui te concerne, je n'ai plus le même projet.

— Que veux-tu dire ?

— Toute ta vie, en définitive, tu as fait tes propres choix, en toute liberté, au moment où ça te convenait. Moi, je n'en ai pas eu l'occasion jusqu'à ce que je renonce à mon titre. J'aime la liberté que ça m'apporte et je veux en explorer toutes les possibilités. T'épouser, pour moi, c'était un rêve sans espoir, mais…

— Mais maintenant qu'il peut devenir une réalité, tu n'en es plus si certaine.

— Non, ce n'est pas ça. Seulement, désormais, j'ai la possibilité de mener la vie d'une femme normale.

Une lueur s'éteignit dans le regard de Luca, il rempocha sa bague, et elle le sentit se fermer.

Peut-être était-elle en train de commettre la pire erreur de sa vie. Peut-être avait-elle envie qu'il souffre comme il l'avait fait souffrir depuis leur soirée sous la tente. Tout ce qu'elle savait, c'est qu'elle avait besoin de temps pour réfléchir.

— Désolé de t'avoir retardée dans ton installation. Je te ramène à ton appartement.

Il n'y avait rien à ajouter. Elle se leva et se dirigea vers la porte.

Le court trajet de retour se déroula dans un silence assourdissant.

Dès que Bella eut franchi le seuil de son immeuble, Luca, en proie à une douleur insupportable, prit la route vers leur jardin d'Éden.

De lourds nuages obscurcissaient les montagnes, et le tonnerre résonnait de sommet en sommet. La température avait chuté, et en sortant de sa voiture, il eut du mal à voir où il se dirigeait. Après s'être chargé de son sac à dos et de son duvet, il se mit en route sous la pluie, à pas lourds, à travers le taillis humide.

Heureusement, leur clairière était au sec. Il y étendit son sac de couchage, s'allongea dessus et y resta des heures, dévoré par la culpabilité.

Pourquoi s'était-il montré si lâche sous la tente ? Pourquoi ne lui avait-il pas avoué qu'il l'aimait et que lui non plus ne pouvait pas vivre sans elle ? Elle avait eu beau lui dévoiler son désir, cela lui avait paru si impossible qu'il y avait répondu par un silence offensant. Oui, si elle le repoussait, il était le seul à blâmer.

Comble de folie, il l'avait fait attendre une semaine avant de se présenter chez elle pour lui répondre à son heure à lui. Rien d'étonnant à ce qu'elle ne se soit pas jetée dans ses bras. Après la façon dont il l'avait traitée, comment aurait-elle pu croire ce qu'il lui avait révélé ?

Durant toute sa vie, Bella avait dû se soumettre. Après s'être courageusement débarrassée de son titre, elle avait organisé leur sortie en montagne et lui avait fait sa demande là-bas. Et lui, comment avait-il réagi ? En lui enfonçant un poignard dans le cœur.

Au fil des heures, il sentait croître son anxiété. L'amour était si fragile. Maintenant que Bella avait pris son indépendance, ses sentiments ne risquaient-ils pas de changer ? À moins qu'elle ne regrette sa vie de princesse ?

Non, c'était impossible, se dit-il en se redressant, il fallait qu'il lui témoigne son amour avant qu'il ne soit trop tard.

Résolu à agir, il se leva d'un bond, décidé désormais à lui faire goûter tous les plaisirs de la vie d'une femme normale, désirée par un homme normal.

Lorsqu'il arriva en ville, la pluie avait cessé. Il s'arrêta chez un fleuriste pour acheter une douzaine de roses rouges à longues tiges avant de se diriger vers l'appartement où elle venait d'emménager. Soulagé de voir sa voiture garée sur sa place de parking, il ne sonna pas à la porte mais frappa plusieurs coups.

— Qui est-ce ? s'enquit-elle.

— Luca.

Quelques instants plus tard, elle ouvrit la porte, superbe dans une robe d'un bleu très original. Mais, en découvrant le prince Antoine assis sur le canapé du salon, il sentit son cœur s'arrêter de battre. Néanmoins, il tendit son bouquet à Bella en la fixant droit dans les yeux.

— C'est pour ta pendaison de crémaillère. J'aurais dû te les apporter ce matin. En fait, j'ai réfléchi à tout ce que tu m'as dit. Mais je vois que tu es occupée, alors, je t'appellerai demain.

— Désolée, Luca, mais je ne serai pas libre, répondit-elle d'une voix un peu enrouée.

Devait-elle passer la journée avec le prince ? Il jeta un coup d'œil à la ronde sans repérer de voiture pouvant appartenir à ce dernier. Sans doute était-il venu en hélicoptère, et elle avait dû aller le chercher à l'héliport avec sa voiture.

— Désolé de t'avoir dérangée. Une autre fois. *Buna notg.*

Il savait qu'il aurait du mal à reconquérir Bella, mais il ne s'attendait pas à tomber déjà sur le prince. Décidément, elle avait déjà fait un grand pas vers la liberté.

Plus jaloux que jamais, il se dépêcha de revenir à sa voiture pour regagner son appartement.

Heureusement, son week-end était bien rempli : il devait remplacer deux médecins partis pour un congrès. De quoi le distraire de son chagrin.

À peine s'était-il garé dans l'allée qu'il reçut un appel de Vincenzo.

— Tu l'as trouvée ? lui demanda son ami.

— Oui. Elle profite de sa toute nouvelle liberté en compagnie du prince Antoine.

— Courage ! Laisse-lui le temps de réfléchir.

— C'est ça. Merci pour ton soutien moral.

Il n'avait de toute façon pas le choix. Bella était la femme de sa vie. Pas question d'abandonner.

— Compte sur moi. Mais je voulais que tu saches que notre *nonna* est de nouveau malade. Bella se fait du souci pour elle.

— Elle me l'a dit. Désolé, vraiment.

— Moi aussi. Appelle-moi quand tu veux.

Le lundi suivant, à 6 heures, n'y tenant plus, Luca appela Bella pour l'inviter à dîner.

— Impossible ce soir. J'ai trop de travail.

— Dans ce cas, répondit-il sans se décourager, je vais t'apporter une pizza.

Il raccrocha avant qu'elle pût refuser. Vingt minutes plus tard, il sonnait chez elle.

Bella lui ouvrit, vêtue d'un jean et d'un vaste T-shirt. Avec ses cheveux en désordre, elle était plus belle que jamais.

Pas de prince à l'horizon ce soir.

— Tu n'aurais pas dû..., commença-t-elle.

— Mais comme je suis là, puis-je entrer avant que ça ne refroidisse ? Après avoir mangé, je te promets de partir dès que tu me le demanderas.

Elle finit par reculer pour le laisser passer. Jusque-là, tout allait bien. Il déposa le carton sur le comptoir de la cuisine avant de jeter un coup d'œil à la ronde.

— Je suis impressionné. On dirait que tu vis là depuis des années, dit-il en ouvrant la boîte. Tu m'accompagnes ?

Il s'assit sur un tabouret et commença à déguster un morceau de pizza.

Bella déposa en bas du mur la photo encadrée qu'elle était sur le point d'accrocher quand il avait sonné.

— Entre nous, ça ne pourra jamais marcher, déclara-t-elle, sur un ton si ferme que Luca en eut le cœur broyé.

— À cause du prince Antoine ?

— Ça ne te regarde pas.

— Je comprends, mais je veux que tu saches que si je suis revenu à Scuol, c'est pour le reste de ma vie, Bella. Après avoir parlé avec toi sous la tente, tout est devenu plus clair dans mon esprit, et j'ai décidé de me battre pour nous. Si tu es prête à me laisser tomber, c'est ton droit, mais moi, jamais je ne renoncerai à toi. Et maintenant, je vais te laisser à tes affaires. Je voulais seulement m'assurer que tout était limpide entre nous. Bonne nuit.

— Attends ! s'écria-t-elle au moment où il ouvrait la porte.

— Que se passe-t-il ?

— J'ai un problème, et j'aimerais que tu me donnes ton avis, dit-elle d'une voix hésitante.

— De quoi s'agit-il ?

— Tu te rappelles Hasper Bazzell, ce garçon dont je t'ai parlé et qui a perdu l'une de ses jambes.

— Bien sûr.

— Sa mère avait dit qu'elle ne voulait pas qu'on s'occupe de lui, mais j'ai senti qu'il y avait quelque chose de bizarre, alors je l'ai appelée aujourd'hui, et nous avons longuement parlé. D'après elle, depuis son amputation, son fils a peur de tout, il ne parle plus à ses copains de classe, il ne veut voir aucun médecin. Et maintenant, il est tellement mal qu'il refuse de sortir de son lit.

— C'est inquiétant.

— Oui. Elle est dépassée, et dit que ça ne servirait à rien de collecter des fonds pour lui, il est trop déprimé. Toi qui es médecin, tu as sûrement déjà dû affronter ce genre de réaction, alors as-tu une idée de ce que je pourrais lui dire pour l'aider dans ces circonstances ?

— Pourquoi n'essayerais-je pas moi-même ? Donne-moi son numéro, et je l'appellerai dès ce soir.

— Ce n'est pas ce que je te demandais, Luca.

— Je sais, mais je ferai tout mon possible pour aider son fils.

Et pour te prouver que, pour toi, je suis prêt à tout.

— C'est très aimable de ta part, dit-elle avant de lui dicter le numéro. Mais excuse-moi, je suis si préoccupée que je ne t'ai même pas demandé si tu te plaisais dans ton nouveau poste.

La Bella d'autrefois venait de resurgir.

— Exactement comme je l'avais imaginé.

— Tu es heureux de travailler à l'institut ?

— Oui, mais surtout, j'ai l'impression d'être définitivement chez moi. Je t'en reparlerai après mon entretien avec la *signora* Bazzell. Dors bien.

Le lendemain soir, il rappela Bella qui décrocha dès la seconde sonnerie. Comme si elle avait attendu son appel.

— Luca ?

— J'ai de bonnes nouvelles. J'ai prévenu la *signora* Bazzell que j'irais voir son fils à Glarus vendredi après-midi. Je n'aurai pas de problème à l'institut parce qu'ils m'ont précisément demandé d'étudier son cas.

— Tu fais des miracles, Luca. La dernière fois que j'ai appelé la *signora* Bazzell, elle était complètement démoralisée. Attends-moi derrière le palais vendredi à midi. Nous irons à Glarus en hélicoptère.

Son ton approbateur laissait espérer qu'il progressait dans son estime. Vivement vendredi ! De retour chez lui, il prit une douche et se mit au lit. Durant une heure, il répondit aux messages en provenance de son service avant d'en découvrir un expédié par son père :

Jamais je ne te pardonnerai ce que tu as fait.

7

Le vendredi matin, lorsque l'hélicoptère atterrit à Glarus, Luca constata qu'il faisait un temps superbe. Il aimait beaucoup cette charmante petite ville suisse située au bord de la Linth, au cœur des Alpes.

Avant de décoller, Bella et lui avaient appelé la mère de Hasper pour parachever leur projet. Elle les avait avertis que son fils refusait toujours de quitter la maison pour aller les voir à l'hôpital. Du coup, ils avaient loué une voiture pour se rendre à la ferme des Bazzell.

— On a du mal à croire qu'une telle tragédie ait pu se produire dans un cadre aussi idyllique, murmura Bella.

Impulsivement, Luca lui prit la main et la serra.

— Peut-être notre visite le fera-t-elle changer d'avis.

— Tu sauras lui parler, j'en suis certaine.

Ils gravirent une colline en direction d'un chalet brun et blanc. La *signora* Bazzell les y attendait. C'était une jeune femme brune d'une trentaine d'années au physique agréable, qui se donnait beaucoup de mal pour faire tourner l'exploitation toute seule.

Après les présentations, elle les invita à entrer et à gravir l'escalier.

— Hasper est dans sa chambre.

— Il sait que nous devons lui rendre visite ?

— Oui. Je lui ai dit qu'un médecin désirait le voir, c'est tout, mais il a détourné la tête. Je ne sais plus quoi faire.

— La *signorina* Cusso et moi allons lui parler tous les deux ensemble.

La culpabilité jouait sans doute un grand rôle dans le problème que rencontrait Hasper. Ils allaient devoir faire preuve de perspicacité et de beaucoup de doigté.

— Parlez-lui en romanche.

Ils acquiescèrent et entrèrent dans la chambre, dans le lit de laquelle était allongé un garçon mince aux cheveux sombres, la tête tournée vers le mur. Il lui manquait une jambe.

— Merci d'être venus, chuchota sa mère. Si vous avez besoin de moi, je suis dans la cuisine.

Luca disposa les deux chaises à côté du lit. Ce fut Bella qui parla la première.

— Hasper ? Je m'appelle Bella. On s'est déjà vus. Tu te souviens de moi ? Quand j'avais seize ans, j'ai skié sur une piste interdite malgré la présence d'un grand panneau qui avertissait d'un danger d'avalanche. Mais je l'ai ignoré et j'ai commencé à descendre. Un jeune homme de dix-huit ans, très courageux, m'a suivie pour m'arrêter, mais j'ai voulu frimer devant lui et je ne l'ai pas écouté. L'avalanche s'est déclenchée soudain, écrasant tout sur son passage. Elle aurait pu nous tuer. Quand je me suis réveillée à l'hôpital, ma mère m'a dit que ce garçon allait sans doute perdre une jambe, qu'on l'avait transféré ailleurs et que je ne pouvais pas le contacter.

Si Hasper écoutait, il n'en laissait rien paraître, mais l'émotion qui transparaissait dans la voix de Bella raviva dans le cœur de Luca le souvenir de son chagrin et de son désespoir.

— Ce garçon, c'était Luca Torriani et il faisait partie de l'équipe suisse engagée pour les jeux Olympiques. Tous les journaux et la télé ont raconté son histoire.

À la stupéfaction de Luca, l'enfant changea de position pour regarder de leur côté. D'abord Bella, puis Luca lui-même. Le contact était établi.

— Pendant des années, reprit Bella, j'aurais voulu mourir, tu vois, Hasper, parce que je ne savais même pas ce qui était arrivé à sa jambe. Tous les soirs, je pleurais dans mon lit en pensant à l'acte horrible que j'avais commis. Dix ans plus tard, je l'ai revu. C'est lui, Luca Torriani, qui est à côté de toi. Il a dû subir une grave opération, mais il s'en est sorti. Montre-lui ta jambe, Luca.

Il remonta son pantalon pour que l'enfant puisse voir ses cicatrices, que Bella voyait elle aussi pour la première fois.

— J'ai des broches pour maintenir ma jambe droite, mais grâce au chirurgien qui m'a opéré, je peux marcher et bouger normalement.

Bella se pencha vers Hasper.

— Moi qui croyais qu'il avait perdu cette jambe, tu ne peux pas savoir comme je suis contente qu'il puisse marcher. J'ai appris que toi, tu as perdu la tienne en conduisant un tracteur malgré l'interdiction de ton père. Mais tu pourrais avoir une jambe artificielle et...

— Et tu n'aurais même pas besoin de broches métalliques, intervint Luca. Alors, tu pourras marcher exactement comme tes copains, randonner et faire tout ce que tu voudras. Si tu mets un pantalon, personne ne s'en apercevra. Quand tu auras l'âge, tu pourras même conduire un tracteur si tu veux aider ta maman à la ferme.

— Hasper, ton père ne serait pas content que tu passes ta vie allongé sur ton lit, dit Bella. Et ta maman non plus. Bientôt tu en auras assez, tout comme moi, parce que moi aussi, c'est ce que je faisais. Tu comprends ?

L'enfant acquiesça d'un signe.

— Tes parents ne veulent pas que tu sois triste. Du haut du ciel, ton père sera fier de te voir aider ta maman. Tu as eu un accident de tracteur, ça peut arriver à n'importe qui. Tout ce qu'il te reste à faire, c'est à te laisser équiper d'une nouvelle jambe, et tout ira pour le mieux. Tu prouveras à tous tes amis que tu es un balèze.

— Moi, je suis médecin, intervint Luca, et je peux t'aider. M'autorises-tu à examiner ta jambe ?

— D'accord, répondit Hasper après un moment de réflexion.

Luca se pencha sur lui et fut satisfait de constater qu'il y avait suffisamment de tissus mous autour de l'os. L'articulation du genou était intacte et la peau en bon état.

— Tu es le candidat parfait pour une prothèse et tu vas récupérer une excellente mobilité.

— À quoi ça ressemble, cette prothèse ?

Comprenant qu'ils étaient en phase, Luca sourit.

— Elle sera plus jolie que ma jambe à moi. Quand tu iras à l'hôpital avec ta maman, le prothésiste t'en montrera une. Elle s'adaptera parfaitement à ta jambe grâce à un système de suspension. Ça ne fait pas mal quand on la pose.

— Vous viendrez, vous aussi ?

Luca et Bella échangèrent un regard.

— Oui, nous serons là tous les deux.

— Bon. Je vais essayer, déclara Hasper après avoir longuement réfléchi.

— Je vais chercher ta maman, dit Bella en se levant. Elle sera ravie d'entendre cette bonne nouvelle.

La mère de Hasper les rejoignit. Folle de joie, elle déclara qu'elle allait prendre rendez-vous à l'hôpital et qu'elle leur en ferait part.

Une demi-heure plus tard, après bien des embrassades et des larmes de joie, ils quittèrent la ferme des Bazzell pour retourner à l'hôpital où les attendait l'hélicoptère.

— Grâce à toi, Bella, un miracle s'est produit aujourd'hui, j'ai revécu le passé et je suis impressionné par ton efficacité. Un jour, ce garçon te remerciera.

Le splendide regard violet se posa sur lui.

— Il remerciera plutôt l'homme qui n'a pas hésité à risquer sa vie pour me sauver. Je ne peux pas trouver les mots pour te dire combien... Combien je te suis reconnaissante, balbutia-t-elle, sans prononcer les paroles qui auraient permis à Luca d'espérer.

Tandis qu'ils revenaient en ville dans leur voiture de location, elle reçut un appel de Vincenzo.

— Enfin, tu réponds. Où es-tu ?

— À Glarus, avec Luca. Nous sommes allés dans une ferme

pour qu'il examine un garçon à qui il faut poser une prothèse de la jambe.

— Quelle bonne nouvelle ! Malheureusement j'en ai une bien plus triste à t'annoncer.

— Que se passe-t-il ?

— C'est *nonna*. Son état a empiré. Je crois que tu devrais aller la voir avant que ce ne soit trop tard.

— Dis à maman que je vais me rendre directement à Innsbruck en hélicoptère et que de là je partirai pour la Sardaigne.

— J'aurais aimé t'accompagner...

— Je vais y aller avec Bella, intervint Luca. Je voudrais tant pouvoir me rendre utile. J'adore votre grand-mère.

— Et grand-mère t'adore elle aussi, mon vieux.

— Ça ne t'ennuie pas que je t'accompagne ? demanda Luca à Bella quand elle eut raccroché. Sinon, je me débrouillerai pour rentrer tout seul à Scuol.

— Non, dit celle-ci avec un pâle sourire. Je sais qu'elle t'aime beaucoup. Ça lui fera plaisir.

Il lui rendit son sourire, le cœur en émoi.

Au fond de lui, il sentait renaître petit à petit l'espoir.

Leur avion se posa À 17 heures à Cagliari, la capitale de la Sardaigne.

Durant ses nombreux séjours ici, Bella avait souvent grimpé avec Vincenzo jusqu'au *castello* et exploré la vieille ville jadis fortifiée qui dominait la mer.

Sa grand-mère avait été admise à l'hôpital. Le médecin qui s'occupait d'elle les accueillit chaleureusement. Elle lui présenta Luca comme le Dr Torriani.

— Comment va ma *nonna* ?

— La princesse Caderina semble surmonter sa pneumonie, princesse Baldasseri. Si sa santé continue à s'améliorer, elle pourra bientôt rentrer chez elle, même si elle n'a pas beaucoup d'appétit. Cela va lui faire du bien de recevoir la visite de sa petite-fille. Vous pouvez y aller, elle sera heureuse de vous voir.

— Merci.

Elle entra dans la chambre, suivie de Luca.

Sa grand-mère était allongée sur le lit, la tête légèrement surélevée, portant un masque à oxygène. Ses cheveux autrefois roux comme ceux de sa fille, la mère de Bella, étaient maintenant tout blancs. Toutes deux se ressemblaient et avaient été célèbres pour leur beauté.

— *Nonna* ?

En l'entendant, la vieille dame ouvrit les yeux.

— Bella ! Bella ! s'écria-t-elle en faisant un effort pour se soulever.

— Je suis venue dès que j'ai pu, dit Bella en se penchant pour l'embrasser sur les deux joues. J'avais tellement envie de te voir ! Tu me manques beaucoup, et je suis désolée que tu sois malade.

— Maintenant que tu es là, je me sens déjà beaucoup mieux. Approche deux chaises et installez-vous auprès de mon lit pour que nous bavardions.

Luca s'en chargea, et dès qu'il se fut assis, la malade scruta avec attention son visage.

— Est-ce que je me trompe, ou est-ce bien Luca Torriani qui me sourit ?

— Non, princesse Caderina, vous ne vous trompez pas.

— Vous êtes devenu un homme superbe.

— Et un médecin spécialisé dans le sport, intervint Bella.

— Luca, vous m'avez plu dès la première fois que je vous ai vu, en compagnie de Bella et de Vincenzo. Et durant toutes ces années où je vous ai vus grandir, j'ai compris que ma *bimba* était folle de vous.

— C'était réciproque.

— Et maintenant ?

— Nous sommes seulement amis, répondit-il avant que Bella ait pu intervenir.

— Oui. Il m'a aidée à résoudre un problème avec un petit garçon qui a besoin d'une prothèse de la jambe.

— C'est magnifique. Embrassez-moi, Luca.

Les yeux de Bella se mouillèrent quand elle vit sa grand-mère serrer Luca contre son cœur.

— *Bimba* ? Est-ce que je t'ai jamais dit à quel point ta mère aimait ton père ? Juste avant leur mariage, il avait failli mourir d'une mauvaise grippe. Alors, elle avait fait vœu de devenir nonne plutôt que d'épouser un autre homme. Je suis certaine qu'elle l'aurait fait.

— Je l'ignorais, répondit Bella, émue par cette révélation.

— Quand il a guéri, jamais plus elle n'en a reparlé. Mais maintenant, j'aimerais en savoir davantage sur Luca et toi. Que devenez-vous, tous les deux ? Il ne faut rien me cacher.

Tant d'amour réchauffa le cœur de Bella, et elle prit la main de sa *nonna*.

Luca et elle lui révélèrent comment ils avaient été séparés par leurs familles et la vie que Luca avait menée ensuite. Vers 22 heures, la vieille dame finit par fermer les yeux et s'endormir.

Ils gagnèrent la chambre qu'on leur avait préparée à proximité avec deux lits côte à côte.

— Ta grand-mère est merveilleuse, déclara Luca une fois qu'ils se furent couchés.

— Je sais. C'est un cœur pur.

— Comme ma mère.

— Je regrette de ne pas la connaître.

— Un jour, peut-être...

— Je suis tellement heureuse que *nonna* ait réussi à surmonter cette pneumonie ! Demain matin, je partirai en me disant qu'elle va bien, pour le moment du moins.

Elle s'endormit, le visage tourné vers l'homme qu'elle désirait en secret.

Le lendemain matin, après avoir pris le petit déjeuner avec sa grand-mère, elle la serra dans ses bras.

— Ne te tracasse pas trop, lui chuchota la vieille dame à l'oreille, tout va bien se terminer entre Luca et toi.

— Je ne sais pas...

— Mais si. Ne le fais pas trop attendre. Un homme comme lui, il n'en naît qu'un tous les cent ans.

C'était exactement ce que pensait Bella.

— Au revoir, *nonna*. Je reviendrai très bientôt.

Lorsque Luca eut embrassé la vieille dame, ils quittèrent l'hôpital pour l'aéroport.

Durant le vol jusqu'à Innsbruck, ils évoquèrent la révélation qu'elle leur avait faite.

— Elle n'a fait que confirmer ce que j'ai toujours su, Luca. Ils auraient fait n'importe quoi l'un pour l'autre. Mais je ne comprends pas qu'elle ne nous ait jamais confié, à Vincenzo et moi, qu'il avait failli mourir et qu'elle avait juré de se faire nonne s'il ne guérissait pas.

— Peut-être craignait-elle, si vous l'appreniez, que vous ne vous en serviez contre elle.

— Tu aurais dû être psychologue !

— J'avais pensé à la psychologie avant de me spécialiser en médecine du sport.

— Mais ça ne t'a pas permis pour autant de découvrir pourquoi ton père déteste à ce point la monarchie. Il doit bien y avoir une raison ?

— Je me suis posé la question, et j'ai bien l'intention de demander à ma mère quel secret il me dissimule à ce sujet.

Ils échangèrent un sourire complice, et elle se tourna vite de l'autre côté, de peur de lui avouer qu'elle ne pouvait vivre sans lui.

De retour à Innsbruck, Luca récupéra sa voiture et la ramena chez elle.

— Merci de m'avoir accompagnée, dit-elle d'une voix tremblante, avant de descendre.

— De rien. Pour nous trois, c'est super de nous retrouver comme au bon vieux temps.

Le bon vieux temps...

Elle courut vers son immeuble avant qu'il ne voie les larmes qui lui roulaient sur les joues.

Avant de se coucher, elle appela sa mère.

— Bella ? Où es-tu ? s'enquit celle-ci d'une voix stridente.

— Chez moi, dans mon lit. *Nonna* allait bien, et j'ai pu rentrer dès ce matin.

— Nous savons que Luca Torriani t'a accompagnée.

— Oui. *Nonna* se souvenait bien de lui, elle a été contente de le revoir.

— Elle ne doit plus avoir toute sa tête !

Inutile de discuter.

— Le médecin a dit qu'elle allait pouvoir rentrer chez elle avec son aide-soignante. Je suis tellement heureuse qu'ils aient réussi à juguler cette crise !

— Oui, mais pas celle que toi-même as déclenchée. Quand vas-tu enfin cesser cette comédie et revenir chez toi, au palais ?

— Je suis chez moi ici.

— Tu négliges tes grands-parents et le prince Antoine.

Elle crispa les doigts sur le téléphone.

— Pour le moment, je dois me consacrer à mon ONG, mais dans deux jours, quand ce sera terminé, je viendrai vous voir.

— Toi non plus, tu n'as plus toute ta tête.

Bella respira à fond en repensant à la monarchie qu'avait évoquée Luca à propos de son père.

— Dans ce cas, je devrais peut-être me faire nonne, comme tu l'avais juré si papa n'avait pas survécu à sa grippe avant votre mariage. *Buona notte, mamma*. N'oublie pas que je t'aime.

Luca appela Bella le lendemain soir.

— Tu es seule ? s'enquit-il sur un ton qui trahissait la jalousie qu'il ne pouvait s'empêcher de ressentir.

— Tu n'as pas le droit de me poser cette question.

— Tu as raison, mais je ne vais pas tourner autour du pot. Je ne peux pas continuer comme ça. J'ai eu beau dire à ta grand-mère que nous étions amis, ce ne sera jamais vrai. Tu es la femme de ma vie, Bella. Notre randonnée à la montagne et notre voyage en Sardaigne m'ont fait regretter tout ce que j'ai raté durant les dix ans où nous avons été séparés. Je peux t'aider à distance dans ton activité caritative, mais si nous ne sommes pas ensemble pour de bon, jamais je ne pourrai vivre près de chez toi. Je t'aime, et je ne veux plus jouer au chat et à la souris, ça me fait trop mal. Samedi prochain après mon travail, j'ai rendez-vous avec des collègues pour prendre un verre au Wine Cellar. Veux-tu m'y retrouver à 19 heures pour dîner avec moi ? Si tu ne viens pas, je saurai que tu as renoué pour de bon avec le prince Antoine ou avec un autre...

Sur ce, il raccrocha.

Après quelques jours qui lui semblèrent un long mois de torture, le samedi soir arriva enfin. Dès qu'il eut dit au revoir à ses collègues, il descendit attendre Bella au bar qui se trouvait au sous-sol.

Il était presque 19 heures. Si elle n'était pas là dans un quart d'heure, il saurait que tout était terminé entre eux.

À 19 h 20, il quitta le bar, anéanti.

En remontant l'étroit escalier, à mi-chemin du rez-de-chaussée, il heurta une femme qui descendait quatre à quatre.

— Luca ! Heureusement, tu es encore là ! J'ai crevé sur mon parking, et j'ai dû appeler un taxi.

En reprenant ses esprits, il comprit qu'il tenait entre ses bras la Bella d'autrefois.

— Pourquoi ne m'as-tu pas appelé ? Je serais venu te chercher.

— L'important, c'est que je sois là. Écoute, je tiens à mon indépendance, mais je ne peux pas vivre sans toi. Je t'ai toujours aimé, et je ne veux pas te perdre.

— Et le prince Antoine ?

— Antoine est un garçon très sympa, il a tout pour rendre une femme heureuse. Je tenais à ce qu'il soit libre de la rencontrer le plus vite possible. Le soir où tu l'as entrevu chez moi, je lui ai raconté notre histoire. Et aussi ce qu'il risquait de se passer – ou pas – entre toi et moi. Il méritait de savoir la vérité. Et cette vérité, c'est que tu es le seul et l'unique pour moi, et qu'il n'y a jamais eu personne d'autre.

Fou de joie, il finit par se rendre compte qu'ils obstruaient l'étroit escalier.

— Viens, remontons. Nous discuterons de tout cela en dînant, dit-il en la prenant par le coude.

Les lèvres de Bella lui effleurèrent la joue au moment où ils entraient dans la salle à manger.

— Sais-tu que je ne suis jamais venue ici ?

— On sait tous les deux pourquoi : la princesse Baldasseri n'avait pas le droit de dîner dans un resto du coin avec des gens du coin comme moi. Heureusement, tout ça, c'est du passé.

Le maître d'hôtel la reconnut immédiatement mais, sur un discret signe de tête de Luca, il ne dit rien.

— *Vogliamo mangiare fuori.*

Dans le patio où personne d'autre ne dînait encore, l'air était tiède, et Bella apprécierait les plantes et les fleurs.

— *Si, signor.*

Lorsqu'ils furent installés, un serveur leur apporta le menu et la carte des vins.

— D'abord du champagne. Un Krug Clos du Mesnil, déclara Luca.

— *Subito, signor.*

Luca sourit à la femme superbe qui lui faisait face.

— Jamais tu n'as été plus belle.

— Si je te dis la même chose, ça ne va pas te plaire.

— Essaye.

— Oh ! Luca, dit-elle en rougissant, je t'aime tellement ! Je voudrais être sûre que nous serons toujours ensemble comme maintenant.

— Vraiment ? demanda-t-il en sortant la bague de sa poche de pantalon.

Elle la contempla, incrédule.

— Tu la gardes toujours avec toi ?

— Jamais je n'ai renoncé à toi. Mais es-tu bien certaine d'être prête à franchir le pas ?

— J'en meurs littéralement d'envie.

— Surtout pas, dit-il en lui prenant la main pour lui passer la bague à l'annulaire.

Le serveur entra à cet instant et remplit leurs verres de

champagne. Sans lâcher la main de Bella, Luca lui en tendit un et leva le sien.

— À la seule femme au monde qui compte pour moi. *Ti amo, il mio tesoro.*

Elle lui serra très fort les doigts et leva elle aussi son verre.

— *Ti adoro*, Luca, *Mio eroe*. Mes rêves ont commencé avec toi, et aucun autre homme ne pourrait les réaliser.

Il toqua délicatement son verre contre celui de Bella et ensemble, ils les portèrent à leurs lèvres.

Lorsque le serveur resurgit avec leurs entrées, ils se souriaient toujours, les yeux dans les yeux.

Luca avait commandé ensuite des *capuns* et des *maluns*, deux plats typiques de la région des Grisons. Comme ils avaient tous deux très faim, ils n'en laissèrent pas une miette.

— Quel délice ! s'écria Bella. J'adore cet écrasé de pommes de terre et ces blettes farcies.

— Ce sont mes plats préférés, ma mère les fait très bien.

— Il faudra que je lui demande la recette.

— Nous l'inviterons à déjeuner, et elle sera ravie de te montrer comment elle fait.

— Et moi plus encore ! En grandissant, j'ai compris que tu l'aimais beaucoup, et j'ai toujours eu envie de la connaître. Tu crois que ton père viendra avec elle quand nous serons mariés ? ajouta-t-elle d'une voix qui tremblait un peu.

— Espérons qu'il se radoucira, et ta mère aussi ! Mais il nous faudra être patients. Peut-être quand nous aurons un bébé ?

— J'aime ton optimisme.

— *Vuoi il dolce ?* dit-il en voyant approcher le serveur.

— Je n'ai plus faim.

Luca demanda l'addition.

— Partons, dit-il après avoir payé. Avant de te ramener chez toi et de m'occuper de ta roue, je voudrais que nous passions d'abord chez moi. Ce sera bientôt chez nous.

Ils regagnèrent sa voiture avant de se diriger vers son appartement, où il la fit asseoir sur le canapé du salon.

— Me trouver ainsi seule avec toi, ça me semble presque trop beau pour être vrai, murmura-t-elle.

— Moi aussi, d'autant plus que je me suis fixé une règle : ne pas coucher avec la femme de ma vie avant que nous ne soyons mariés. Tu peux le comprendre ?

— Oui, répondit Bella en lui caressant la joue, parce que je te connais. Tout au long des années, tu m'as prouvé qu'il n'y a personne de plus intègre que toi.

— Je me suis déjà enquis des formalités préalables à notre mariage, et j'espère que nous pourrons le célébrer au plus vite.

— Moi aussi. Peut-être qu'avoir été une princesse me sera utile pour abréger les formalités ? J'ai trop hâte de devenir ta femme !

Il se pencha vers elle pour l'embrasser tendrement.

— Et maintenant, viens. Je vais te raccompagner chez toi et changer ta roue. Demain matin, je passerai te prendre à 9 heures pour aller à l'église. Ensuite, je t'emmènerai déjeuner, et nous pourrons affiner notre projet.

Une demi-heure plus tard, il la déposait à sa porte.

— Essaye de bien dormir.

Elle se jeta dans ses bras, les larmes aux yeux.

— Merci d'être un homme aussi incroyable ! Il n'y a pas au monde de fiancée plus heureuse que moi. Dès qu'on se sera quittés, tu vas commencer à me manquer. S'il t'arrivait quoi que ce soit, j'en mourrais.

— Ne dis pas ça. Je te jure que tout ira parfaitement bien. *Buona notte, sposa mia.*

Dans son cœur, Bella était déjà sa femme.

Il lui donna un ultime baiser qui l'enflamma plus que jamais. Pendant qu'il démarrait, elle lui fit signe de la main, et cette vision l'emplit d'un bonheur qu'il n'avait jamais connu encore.

Lorsqu'il entra dans sa résidence, il était toujours comme sur un nuage. Il prit une douche et se coucha. Durant l'heure qui suivit, il répondit à une douzaine de messages venant de son service. Puis il en découvrit un dernier, venant de son père, et qui n'exigeait aucune réponse.

> Je viens d'apprendre que tu avais rejoint l'Institut Lemond.
> Tu as commis la pire erreur de ta vie. Tu l'auras voulu.

8

Bella erra longtemps dans son appartement, n'osant croire que Luca et elle étaient enfin réunis. Après s'être douchée, elle alla se coucher et resta un long moment éveillée dans le noir, à rêver de leur nuit de noces. Comme si elle attendait depuis toujours d'être seule avec lui et de l'aimer, dans tous les sens du terme.

Le dimanche matin, elle se leva et enfila une robe imprimée bleu marine appropriée à une visite à l'église, des sandales à talons et laissa ses cheveux dénoués sur ses épaules.

À 8 h 55, elle prit son sac et sortit pour attendre Luca en bas de chez elle. Quelques nuages dans le ciel, mais l'air était plus tiède que la veille. Une matinée merveilleuse.

À 9 h 5, Luca gara sa voiture et se précipita vers elle.

— Tu es superbe.

— Toi aussi.

Il portait un costume gris et une cravate d'un vert raffiné. Aucun homme au monde n'aurait pu rivaliser avec lui.

— Je n'arrive pas à croire que tu vas être ma femme, dit-il en prenant son visage entre ses paumes pour l'embrasser. Comment as-tu dormi ?

— Tu peux imaginer la réponse.

En riant, il l'aida à s'installer dans la voiture.

— Demain, nous serons tous les deux au travail, mais aujourd'hui je veux profiter de cette journée avec toi, dit-il en démarrant en direction de la rue principale. Mais allons d'abord parler au père Denis.

— Puisque je me suis pliée à ton intention d'attendre que nous soyons mari et femme, je n'ose pas t'avouer ce que j'aurais envie de faire avec toi.

En entrant par une porte latérale de l'église construite au XVIIIe siècle, il lui prit la main et ils se dirigèrent vers la sacristie.

— Princesse Baldasseri ! s'exclama la réceptionniste, en se levant précipitamment à leur arrivée dans son bureau.

— *Buongiorno, signora.* Je suis le Dr Torriani, déclara Luca, et j'ai rendez-vous avec le père Denis. Pouvez-vous lui dire que nous sommes là ?

— Je suis désolée, il a dû s'absenter. Il a laissé un message : pour toute requête concernant la princesse Baldasseri et vous, vous devrez vous adresser au père Viret.

La guerre avait donc commencé.

— Je regrette. Je connais le père Denis depuis mon enfance.

— Voulez-vous que j'appelle le père Viret ?

— Non, ce n'est pas nécessaire.

Après avoir échangé un regard avec Bella, il remercia la réceptionniste et prit sa fiancée par le coude pour la guider vers la porte.

— Je n'aurais pas dû les sous-estimer, commenta-t-il une fois qu'ils furent remontés en voiture.

— Qui donc ?

Il sortit son téléphone de sa poche pour lui montrer le texto qu'il avait reçu de son père la veille au soir.

En le lisant, Bella poussa un cri.

— Ils font de nouveau équipe !

— Tu as raison. Il va nous falloir trouver le temps d'aller demain à l'état civil pour réclamer un certificat de capacité matrimoniale. Ensuite, nous demanderons à un officier d'état civil de nous marier. Je pense pouvoir m'échapper un petit moment de l'Institut.

— Il va falloir y aller le matin de bonne heure, car je suis attendue à Chur demain à midi pour une campagne caritative, et je ne reviendrai que vendredi. Si nous rentrions maintenant chez nous pour nous changer ? ajouta-t-elle en lui posant la main sur le bras. Nous pourrions partir randonner en montagne pour la journée.

— Tu dois lire dans mes pensées, dit-il en démarrant. Nous achèterons à manger en route.

— Même si je ne suis plus une princesse, on dirait que je suis toujours sous surveillance des services de sécurité.

— Tant mieux pour eux.

— Oui, mais ils nous épient. Je me demande si c'est ma mère qui les paye pour le faire.

— J'en doute.

Ils revinrent à l'appartement de Bella. Tandis qu'elle passait un jean et un pull vert foncé, elle reçut un texto de sa mère.

Bella, je t'en prie, reviens ! Il faut que nous discutions de cette situation. Tu as fait beaucoup de peine au prince Antoine. Comment oses-tu vivre avec cet homme dans l'ancienne résidence de Vincenzo ? Oublies-tu que tu es une princesse ?

Elle hocha la tête, blasée.

Sa mère ne comprenait rien, elle s'imaginait le pire et voulait à tout prix qu'elle vive comme une princesse. Quel cauchemar !

Elle mit ses chaussures de randonnée et retrouva dans la cuisine Luca qui remplissait leurs gourdes d'eau. Cela fait, ils passèrent rapidement chez lui où il enfila un jean et un pull à col roulé. Elle le trouva si beau qu'elle regretta terriblement qu'ils ne passent pas le reste de la journée dans la chambre.

— J'ai l'impression de jouer au papa et à la maman, dit-elle en l'enlaçant par-derrière.

— C'est bien le cas, et ça continuera jusqu'au moment où nous aurons prononcé le oui fatal. Un homme a ses limites.

— Pourquoi les hommes disent-ils toujours cela, alors que, en réalité, les femmes aussi ont leurs limites, crois-moi.

— Bella, murmura-t-il en se retournant pour l'embrasser.

Ce fut elle qui se dégagea la première de son étreinte pour respirer.

— On ferait mieux de partir maintenant, tant que je résiste encore.

En chemin, ils s'arrêtèrent à l'épicerie.

— J'y vais, dit Luca. De quoi as-tu envie, *bellissima* ?

— Des pâtes ? De la salade ? Comme tu veux, répondit-elle avant de l'embrasser sur la joue.

Après avoir cheminé le long d'un sentier ravissant, ils découvrirent une pente herbeuse idéale pour un pique-nique. Ils marchèrent jusqu'à midi, puis Bella proposa d'y revenir pour déjeuner.

Tandis qu'elle étendait sur l'herbe une couverture, il sortit de son sac de quoi boire et manger.

— C'est le paradis, Bella *mia*, dit-il en s'asseyant près d'elle.

Mais soudain son expression se fit pensive.

— Pendant que nous marchions, j'ai entendu ton téléphone tinter une dizaine de fois sans que tu prennes connaissance de ces textos. Pourquoi ?

— Après ce qu'il s'est passé à l'église, je savais qu'ils venaient de ma mère. J'ai reçu le premier pendant que je me changeais. Je n'ai pas répondu.

— Que disait-elle ?

— J'allais justement te le montrer, dit-elle en sortant son téléphone pour le lui faire lire. Elle suppose que nous vivons déjà ensemble au sens biblique du terme.

— Toi et moi, nous savons ce qu'il en est. Ta malheureuse mère se fait surtout du souci pour ton image de princesse. Je comprends que ce message te désole.

— Tout dépend du sens que tu donnes au verbe « désoler », Luca. Oui, ça me désole de la décevoir, parce qu'elle-même a toujours été ravie d'être une princesse. Mais moi, être la princesse Bella, ça ne m'a jamais plu. Si je continuais à faire semblant, je vivrais dans le mensonge, et ça, je le ressens jusqu'au plus profond de mon cœur. D'ailleurs, tu le sais comme moi.

— Je te crois, murmura Luca. Ce que tu décris, c'est exactement ma relation avec mon père. Il aurait aimé que je sois son clone. Figure-toi qu'on n'a pas besoin d'être un roi ou un prince pour être obsédé par l'ambition concernant son enfant. Je ne veux pas le décevoir, parce que c'est un type bien, mais je suis différent de lui comme tu es différente de ta mère, et je ne veux à aucun prix vivre dans le mensonge. Je crois que j'en mourrais avant l'âge.

— Oui, c'est tout le problème, répondit Bella, les yeux pleins de larmes.

— Écoute, pendant dix ans, ils nous ont tenus éloignés l'un de l'autre alors qu'ils savaient bien que nous nous aimions. Mais maintenant que nous sommes adultes, il n'est plus question qu'ils nous imposent leurs règles, déclara-t-il en la prenant dans ses bras.

Sous les rayons brûlants du soleil, ils s'abandonnèrent à leur désir, et dans l'extase de ces baisers, elle oublia tous ses soucis. Mais, soudain, un sifflement retentit non loin d'eux, et ils aperçurent un groupe de quatre jeunes randonneurs qui se dirigeait vers eux.

Les petits monstres !

Elle pouffa de rire, et dès que la petite troupe les eut dépassés, Luca se remit à l'embrasser de plus belle.

Elle mourait d'envie d'aller plus loin.

— Je voudrais m'endormir et ne me réveiller que le jour de notre mariage.

Il l'embrassa sur la gorge, et tout son corps en frémit délicieusement.

— Moi aussi, j'ai eu la même idée.

— Mais être ici avec toi, c'est déjà le paradis.

— Sauf que je vois un garde forestier monter le sentier. Je crois que nous nous sommes assez amusés aujourd'hui. Rentrons, j'aimerais te montrer mon nouveau lieu de travail.

— Tu l'as déjà aménagé à ton goût ?

— Pas encore.

— Dans ce cas, nous devrions passer chez toi avant d'y

aller pour prendre tes affaires. Je t'aiderai à accrocher tes diplômes. Je veux connaître le bureau où mon futur époux va passer toutes ses journées.

— Il ne sera pas très différent de celui que j'occupais à Saint-Moritz.

— Mais si ! À moins qu'ils n'aient également embauché Adele.

En riant, ils rapportèrent dans la voiture leur matériel de pique-nique avant de prendre la route de Scuol.

— Dès que le bruit se répandra que le célèbre Dr Torriani, ce médecin si séduisant, s'est installé ici, tu vas crouler sous les admiratrices. Heureusement que nous allons nous marier bientôt. Je crois que je vais déposer bien en évidence sur ton bureau un grand portrait de moi, pour qu'il soit clair que tu es déjà en main.

Lucas éclata de ce rire qu'elle avait envie d'entendre pour l'éternité.

Une heure plus tard, ils arrivèrent dans un bâtiment du l'Institut Lemond, portant deux grands cartons. Durant un moment, ils réfléchirent à la meilleure façon d'en disposer le contenu dans le bureau alloué à Luca au premier étage.

Tandis que Bella accrochait au mur le dernier diplôme, Luca ressortit prendre dans sa voiture un câble pour son ordinateur.

Soudain, elle entendit frapper à la porte et se retourna.

Deux hommes se tenaient sur le seuil, un blond, et un brun plus âgé, aux tempes grises, élégant et distingué, qu'elle identifia immédiatement, même si elle ne l'avait jamais rencontré, grâce aux photos qu'elle avait vues.

Le père de Luca.

— *Buon pomeriggio, signorina*, lui dit le blond. Je crois que nous ne nous connaissons pas. Je suis le Dr Raspar.

S'il l'avait reconnue, ce qui était probable, il n'en fit pas état.

— Je vous présente le Dr Jaronas Torriani qui désire s'entretenir avec son fils, reprit-il.

— Je suis Alectrona Cusso.

Durant leur marche, ils avaient décidé qu'elle userait de

ce nom désormais. Après leur mariage, elle deviendrait la *signora* Torriani.

— *Che piacere incontrarla.*

Sauf qu'elle ne partageait pas cette joie.

— Luca va revenir. Comme vous le voyez, nous sommes en train d'installer son bureau, répondit-elle.

— Luca ne m'avait pas prévenu de votre venue, dit en souriant le Dr Raspar.

— Je n'en suis pas surprise. Nous sommes fiancés depuis hier soir.

Le père de Luca sembla se figer sur place. Mais, que ça lui plaise ou non – et ça ne lui plaisait pas –, Luca et elle étaient maintenant fiancés.

— Quel cachottier, ce Luca ! Toutes les célibataires vont être très déçues d'apprendre la nouvelle. Puis-je vous féliciter ? Nous sommes ravis de compter parmi nous, à Scuol, une légende du ski et sa future épouse.

Cet innocent compliment ne manqua pas de réveiller dans le cœur une plaie toujours à vif.

— Il en est très heureux lui aussi, et je le suis tout autant.

— Eh bien, docteur Torriani, je vous laisse avec votre future belle-fille. À bientôt, j'espère. Nous projetons d'offrir un dîner de bienvenue à Luca à l'Hôtel Belaval, samedi soir. J'espère que vous nous ferez le plaisir de vous joindre à nous, *signorina* Cusso.

— J'attends ce moment avec impatience, docteur Raspar. Merci beaucoup.

Dès que celui-ci se fut éloigné, le père de Luca pénétra dans le bureau en la fusillant du regard.

— Nous avons donc fini par nous rencontrer, dit-elle. J'aime votre fils depuis toujours, et je suis très honorée qu'il veuille m'épouser.

— Vous avez encore le choix de le laisser partir avant qu'il ne soit trop tard, princesse Baldasseri, lâcha son interlocuteur d'une voix grave qui ressemblait beaucoup à celle de son fils.

— Dès que mes yeux se sont posés sur Bella, intervint

Luca en surgissant dans la pièce, un câble à la main, il était déjà trop tard.

— Vous ne pourrez pas vous marier à l'église, s'exclama son père, et sans mariage religieux, vous ne serez pas vraiment mariés.

— Des milliers de couples s'en contentent.

— Ce n'est pas ainsi que tu as été élevé.

— Papa, j'ai l'intention de me marier avec la femme que j'aime depuis toujours. Bella n'avait que huit ans quand je l'ai rencontrée. La première fois que je l'ai vue, elle était en train de soigner Rex, le chien de Vincenzo, qui avait été blessé. Quand je lui ai dit que nous n'avions pas de chien, elle m'a proposé de venir jouer avec Rex quand je voudrais. Sa douceur et son charme m'ont tout de suite séduit, et jamais je ne me suis senti aussi proche d'aucune autre femme.

— J'ai éprouvé sur-le-champ les mêmes sentiments pour Luca, affirma Bella d'une voix tremblante.

Cet échange entre père et fils lui rappelait celui qu'elle avait eu avec sa mère, et cela la poussait à défendre son fiancé.

— Docteur Torriani, reprit-elle, puisqu'on nous refuse de nous marier là où nous le souhaitions, nous essayons justement d'organiser notre mariage dans une chapelle privée. En espérant que ma mère et vous accepterez qu'il se fasse.

— À vous de décider, princesse Baldasseri. Mais si vous ne rendez pas sa liberté à mon fils, c'est toute la famille Torriani qui sera à jamais déchirée. Renoncez à cette folie. Voulez-vous que Luca rompe définitivement avec sa mère et avec moi ? Si le prince Baldasseri était encore en vie...

— Le père de Bella n'est plus de ce monde, coupa Luca, et même s'il l'était, cela n'y changerait rien.

Il se dirigea vers elle et lui entoura les épaules de son bras.

— Papa, tu n'obtiendras aucun résultat en essayant d'impressionner Bella. Sa mère est aussi obstinée que toi, mais Bella n'est plus une princesse. Nous aussi, nous resterons inébranlables dans nos sentiments. Quant à maman, elle nous a donné sa bénédiction. Si une rupture doit avoir lieu, ce sera entre elle et toi. Mais je préférerais de loin qu'on en finisse avec cette querelle ridicule et qu'on essaye de s'entendre.

— De s'entendre ! Tu as vraiment perdu la tête !

Luca attira Bella pour la serrer plus fort encore contre lui.

— Quand Bella et moi aurons des enfants, vous serez leur *nonno* et leur *nonna*. Je sais que vous avez très envie d'avoir des petits-enfants. Avant de prononcer des mots irréparables, papa, pense à l'avenir. Toi seul as la capacité de mettre fin à cette fâcherie qui n'aurait jamais dû avoir lieu.

— Jamais un Torriani ne se liera à la descendante d'une famille royale, déclara son père. J'y veillerai.

Sur ce, il tourna les talons et partit, au comble de la fureur.

Bella sentit son cœur se fendre à l'idée que l'homme de sa vie se trouve dans une telle impasse.

— Une véritable déclaration de guerre, murmura-t-elle.

— Cela fait dix ans qu'il m'a déclaré la guerre.

Elle effleura ses lèvres des siennes.

— J'ai fait la connaissance du Dr Raspar.

— Je sais. Je l'ai croisé en entrant dans le bâtiment. Je lui ai recommandé d'éviter de t'appeler princesse. Il était encore sous le choc de t'avoir rencontrée en chair et en os.

— Il est charmant. Il nous a invités tous les deux à dîner samedi prochain.

— Tu ne peux pas savoir ce que ça signifie pour moi d'avoir ma fiancée à mes côtés. Tous les hommes vont être jaloux de moi.

— Comme quand je te tournais autour à l'école. Les filles me détestaient parce que, grâce à mon frère, j'avais une touche avec le héros du lycée.

Il hocha la tête avant de l'embrasser.

— Tu n'en avais pas besoin pour que je tombe amoureux de toi. Mais nous avons eu de la chance que Vincenzo nous serve de chaperon.

Elle l'embrassa en retour.

— Achetons quelque chose à manger et rentrons chez toi, Bella. La semaine va être longue, et je sais que tu dois partir pour Chur. Si nous allions demain à la première heure à l'état civil nous marier civilement ? Ça ouvre à huit heures et demie. Tant que ces formalités ne seront pas réglées, j'aurai du mal à me sentir l'esprit vraiment libre.

— Moi aussi.

Lorsqu'ils sortirent, la nuit tombait. Sur la route, ils s'arrêtèrent dans un drive pour acheter de quoi manger. Une demi-heure plus tard, ils dînaient dans la cuisine, quand le téléphone de Luca sonna.

— C'est ton frère, dit-il en regardant le nom affiché sur l'écran.

— Tu peux mettre le haut-parleur ? demanda-t-elle en reposant son croque-monsieur.

— Je suppose que tu as tout autant envie que moi de savoir ce qu'il a à nous dire. Salut, Vincenzo, Bella est à côté de moi. Elle t'entend.

— Alors, écoutez-moi bien. Je suis passé au palais pour voir les grands-parents et maman. Au moment où j'allais rentrer à Zernez, j'ai découvert que ton père était venu la voir, et j'ai traîné un peu pour savoir de quoi il retournait. Mère et lui sont prêts à faire n'importe quoi pour empêcher votre mariage.

— Nous l'avons compris ce matin en allant à l'église, murmura Luca.

— Maman a même tenté de faire pression sur le maire pour qu'il retarde par tous les moyens votre mariage civil, continua Vincenzo.

En entendant cette nouvelle, Bella chercha le regard de Luca, qui la serra contre lui.

— Merci pour le tuyau, Vincenzo. Nous allons nous débrouiller, même si nous devons quitter la Suisse.

— Pas de panique. Je vais trouver une solution, mais j'ai autre chose à te dire, Bella.

— Je t'écoute.

— D'après maman, la santé de *nonna* Caderina s'est de nouveau détériorée. Elle veut que tu retournes en Sardaigne avec elle et que tu y restes un moment. Elle a l'intention d'y partir demain, et elle ne va pas tarder à t'appeler.

La main de Luca se crispa sur l'épaule de Luca.

— Lorsque nous l'avons quittée, ça allait mieux. Tu crois qu'elle va vraiment plus mal ?

— Je n'en sais rien. Je trouve cette coïncidence bizarre, mais on ne sait jamais...

— Bien sûr. Et j'adore *nonna*.

— Comme nous tous. Puisque je suis toujours au palais, je vais remonter lui dire que j'irai en Sardaigne avec elle. Mais il faut absolument que je sache ce qu'il se passe. Comme Francesca ne peut pas quitter son travail, je serai vite de retour, et je vous ferai mon rapport.

— Je suis désolée qu'il te faille laisser ta femme.

— Moi aussi, mais je sais qu'elle peut compter sur Luca et toi.

— Absolument. On l'adore.

— C'est réciproque. Bon, on reste en contact. Tiens bon, Luca.

— Compte sur moi, répondit celui-ci en se levant sans lâcher Bella. On attend ton appel. Bon retour chez toi.

Après avoir raccroché, il enfouit son visage dans les cheveux de Bella.

— Mon pauvre frère, gémit-elle.

Luca l'embrassa sur la joue.

— Peut-être devrais-tu retourner en Sardaigne pour voir ta grand-mère et calmer ton inquiétude ?

— Je ne peux pas y aller pour le moment puisque je dois partir pour Chur demain. J'y reste jusqu'à vendredi, et j'ai pris aussi rendez-vous dans d'autres villes de la région. Mais je prendrai mes dispositions pour rendre visite à *nonna* juste après notre mariage.

— Et si c'était réellement urgent ?

— Dans ce cas, je laisserai tout tomber immédiatement.

— Je t'accompagnerai.

— Te rends-tu compte à quel point tu as transformé ma vie ? Et à quel point tu vas me manquer cette semaine ?

— Non, mais explique-le-moi, *mia princessa*. Pourtant, si je veux rester fidèle à ma promesse, mieux vaut que je te quitte maintenant.

Elle le raccompagna jusqu'à la porte.

— Fais bien attention à toi, Luca. Sans toi, désormais, ma vie n'aurait plus aucun sens.

— Tu es la seule personne qui m'importe vraiment. À demain, au bureau de l'état civil, dès l'ouverture.

Bella partit à Chur juste après leur mariage civil.

Même si Luca restait en contact téléphonique avec elle, il trouva la semaine terriblement longue. Jamais plus il ne pourrait se passer de ses baisers.

Le mercredi soir, Vincenzo passa chez lui. Tous deux s'étreignirent avant de s'asseoir pour manger du muesli, leur goûter préféré, qu'ils dégustaient dans la cuisine du palais quand ils étaient enfants.

— Des nouvelles, dit Vincenzo. D'abord la mauvaise : la pneumonie de notre grand-mère Caderina a tendance à s'aggraver.

— Ça ne m'étonne pas, dit Luca après avoir fini son café. Et la bonne nouvelle ?

— Le père Jaines viendra de Zernez pour célébrer votre mariage religieux en pleine montagne où nous le convoierons, Francesca et moi. Tu n'auras rien d'autre à faire que d'être présent au rendez-vous avec ma sœur.

— Jamais je ne te remercierai assez.

— C'est inutile. Tu es mon meilleur ami, et je suis heureux de pouvoir vous aider, dit Vincenzo en se levant. Je suis désolé de tout le mal que s'est donné ma mère pour vous séparer.

Dès qu'il fut parti, Luca appela sa bien-aimée.

— Bella ? Ton frère vient de me quitter. Je suis désolé, mais l'état de ta grand-mère s'est réellement aggravé.

— Je m'y attendais.

— Mais il m'a aussi apporté une bonne nouvelle : le père Jaines, de Zernez, est d'accord pour nous marier en montagne. C'est Vincenzo et Francesca qui l'amèneront.

— Tu veux dire dans notre jardin d'Éden ?

— Bien sûr. Et ils seront nos témoins. Peut-être quelques lièvres se joindront-ils à eux.

— Comment as-tu réussi à obtenir ça ?

— Tout le mérite en revient à Vincenzo.

— Donc, être prince, ça sert parfois à quelque chose. Mais ton père va être scandalisé.

— Et ma mère, folle de joie. Je suppose que toi aussi.

Elle éclata de rire.

— Je suis sur un petit nuage.

— Tout comme moi

— *Ti amo*, Luca.

— *Sei tutto per me*, Bella. Je passerai te prendre chez toi vendredi soir, ajouta-t-il en se versant un autre café.

Il ne lui restait plus qu'à appeler la *signora* Bazzell pour lui demander encore quelques renseignements concernant son fils.

9

Le vendredi soir suivant, avant de revenir chez elle où l'attendait Luca, Bella passa par le palais pour parler avec sa mère. La famille était en train de dîner dans la salle à manger, et elle fit le tour de la table pour embrasser tout le monde.

— Enfin ! Veux-tu dîner avec nous ? lui proposa sa mère ?

— Je ne peux pas, maman, j'ai à faire, mais je voulais te prévenir que je retournerai très bientôt à Cagliari pour passer plus de temps avec *nonna*.

— Cette fois, ne t'avise pas d'y aller avec Luca Torriani !

Bella respira un grand coup.

— Luca est mon fiancé. Nous allons bientôt nous marier.

— Certainement pas ! Quand rentres-tu à la maison ? Tu négliges complètement tes grands-parents.

— J'ai été très occupée par mon travail, mais après-demain cette campagne sera terminée, et je pourrai vous consacrer davantage de temps. Jusqu'à ce que Luca et moi soyons mariés, je ne prendrai plus de rendez-vous dans le cadre de mon organisation caritative.

— Tu n'as plus toute ta raison ! Ce mariage ne se fera pas !

— Bonne soirée à vous tous, dit-elle avant de les embrasser de nouveau et de quitter le palais.

Elle n'avait plus qu'un seul homme en tête.

— Luca ! s'écria-t-elle dès qu'elle le vit qui l'attendait à l'extérieur.

Il la prit dans ses bras, et ils entrèrent dans l'appartement.

— *Mia principessa !*

Il la souleva et la déposa sur le canapé, où ils s'efforcèrent de compenser une semaine ou presque d'éloignement, sans que leurs baisers puissent satisfaire le désir brûlant qu'ils éprouvaient l'un pour l'autre.

— Jamais plus je ne resterai aussi longtemps loin de toi...

Mais, au souvenir de sa dispute avec sa mère, elle fondit en larmes.

Luca releva la tête.

— Bella ! Qu'est-ce qui ne va pas ?

— Après avoir atterri, je suis passée au palais pour dire bonjour à ma famille. Mère a été insupportable.

— C'était prévisible, répondit-il sans cesser de l'embrasser. Exactement comme mon père. Il fallait s'y attendre.

— Compte tenu des circonstances, je n'arrive pas à comprendre qu'ils se montrent aussi inflexibles tous les deux.

— Oublie-les, dit-il en lui prenant le visage entre ses mains. J'ai quelque chose à t'annoncer. Devine ! La mère de Hasper nous demande de venir demain à l'hôpital pour assister à la pose de sa prothèse.

— Quelle bonne nouvelle ! Il est donc d'accord pour entamer la procédure ?

Luca marqua une pause avant de poursuivre.

— Oui mais, hélas, j'ai une autre nouvelle à t'apprendre.

— De quoi s'agit-il ?

— Hier, alors que je me rendais au travail, maman m'a appelé pendant que mon père était avec un patient et qu'il ne pouvait pas entendre. Je lui ai dit que je connaissais un secret concernant ta mère que je lui confierais plus tard, et je lui ai demandé si elle savait pourquoi mon père détestait à ce point la famille Baldasseri. Je ne m'attendais pas à ce qu'elle me réponde, mais ce matin, à mon grand étonnement, elle m'a fait une révélation qui explique sa haine. Sans la justifier pour autant, évidemment. Je ne sais pas trop par où commencer.

Le cœur de Bella se mit à battre plus vite.

— Ce secret, elle le connaît depuis longtemps ?

— Oui, mais mon père ignore qu'elle est au courant.

— Ça va me faire plaisir ou pas ?

— Non, pas du tout.

— Je t'en prie, dis-moi vite de quoi il s'agit.

— Je t'ai déjà parlé de mon arrière-grand-père, Basil Torriani ?

— Non.

— Je ne savais rien de lui sauf qu'il avait exercé la profession de tailleur et que, semble-t-il, il était né et avait passé son enfance à Innsbruck, en Autriche. Or, il y avait aussi suivi des études de médecine.

— Il est devenu médecin ?

— Oui, et un ophtalmologiste très connu dans toute l'Autriche et au-delà. Au point que, connaissant sa réputation, ta grand-tante Elsa Baldasseri, la fille du roi en personne, lui a demandé de venir l'opérer à San Vitano.

— Vraiment ? C'est incroyable !

— Hélas, après cette opération, elle est devenue aveugle.

— Oh !

— Le roi Filipo Baldasseri, ton arrière-arrière-grand-père, a accusé Basil Torriani d'avoir provoqué la cécité de sa fille. Mais d'après ma mère, elle tient ce récit de sa belle-mère, aucun traitement ni aucune opération n'aurait pu de toute façon l'empêcher de devenir aveugle. En fait, Basil avait tenté tout ce qu'il était possible de faire à cette époque pour éviter cette issue. Hélas, le roi l'a accusé publiquement d'être responsable de ce malheur. Cela a mis fin à sa carrière médicale, et il en a éprouvé une terrible humiliation. Rien d'étonnant à ce que mon père soit devenu allergologue et non pas chirurgien.

— Quelle tragédie, Luca !

— Tu imagines ce que cet homme a ressenti quand il a dû abandonner son métier. Il s'est établi à Lucerne, en Suisse, où il a travaillé comme tailleur jusqu'à sa mort. Son fils, mon grand-père Rudolfo Torriani, est devenu médecin à Scuol, le lieu de naissance de sa femme qui tenait à vivre auprès de sa famille. La famille Torriani n'a jamais pardonné au roi cette injustice, et cette haine s'est transmise de génération en génération aux descendants de Basil.

— Je comprends, murmura Bella. Quelle horreur ! Rien d'étonnant à ce que ton père me déteste à ce point. C'est même étrange qu'il ait pu s'allier à ma mère pour tenter de nous séparer. Y a-t-il moyen de prouver que Basil n'était pas responsable pour le disculper publiquement ?

— Je ne sais pas. Ma mère est au courant depuis des années, mais elle ne veut pas poser problème, même si elle a fini par m'avouer la vérité parce qu'elle nous aime tous les deux, toi et moi.

— Moi aussi, je l'ai toujours aimée.

— Demain, je passerai te prendre à 8 heures, et nous irons en voiture à l'hôpital où un hélicoptère nous attendra. Espérons que tout se passera bien pour Hasper.

Il se leva et la serra dans ses bras.

— Comment ai-je pu vivre si longtemps loin de toi ? dit-elle en se blottissant contre lui.

— Je me suis posé mille fois la même question, mais maintenant que nous sommes réunis, rien ne nous séparera plus jamais.

Durant toute la nuit, ces derniers mots résonnèrent aux oreilles de Bella.

Le lendemain matin, l'air était encore frais quand ils montèrent dans l'hélicoptère. Dès qu'ils furent installés, Luca lui prit la main.

— Maintenant, nous sommes un couple comme un autre. Quel effet ça te fait ?

— Ça me plaît bien. J'aimerais que nous soyons déjà en route pour nous marier.

— Dans une semaine, je pourrai t'appeler *signora* Torriani.

Des nuages obscurcissaient le ciel lorsqu'ils se posèrent à Glarus, où un taxi les conduisit à l'hôpital.

La mère de Hasper les attendait dans le hall. Le médecin les rejoignit et les emmena à la salle d'opération, où ils entrèrent après avoir enfilé une blouse et un masque. Le prothésiste ne tarda pas à arriver, et bientôt Hasper fut introduit dans la pièce en fauteuil roulant, accompagné de sa mère.

— Bonjour, Hasper, lui dit Luca, nous sommes venus assister à la pose de ta prothèse.

— Ils m'ont dit que ça ne faisait pas très mal.

— Oui, on va te faire une anesthésie locale, et après l'opération, tu auras une jambe toute neuve.

— Vous allez rester avec moi ? s'enquit l'enfant en lui jetant un regard suppliant.

— Je te le promets.

Luca prit Bella par la taille, ils allèrent s'asseoir auprès de la mère de Hasper, et la mise en place de la prothèse commença. Une fois la procédure terminée, le garçon fut ramené dans sa chambre, où tout le monde se réunit pour fêter l'événement. Bella lui offrit un téléphone portable sur lequel elle programma le numéro de sa mère et le sien, et Luca lui montra comment y inscrire aussi ceux de ses copains. Bella et lui quittèrent l'hôpital à 15 heures, ravis de l'heureuse issue de l'opération : Hasper allait devoir se plier à une longue rééducation, mais il pourrait de nouveau marcher.

Ils revinrent en taxi à l'héliport, et en route, Bella eut une idée.

— Luca, puisque nous ne sommes pas pressés, pourquoi n'irions-nous pas à Saint-Moritz ? Appelle ta mère pour lui annoncer notre visite. J'ai très envie de la voir.

— J'aimerais bien, mais si papa l'apprend, il va lui faire une scène.

— Il ne le saura pas. Tu m'as dit que, en fin d'après-midi, elle va souvent faire des courses au supermarché. Il suffit de savoir lequel.

— À la Migros.

— C'est sans doute un peu hasardeux, mais nous pourrions louer une voiture pour nous y rendre et demander à un vendeur de l'appeler pour lui dire qu'il y a une promotion intéressante sur le moment ? J'ai tellement envie de la voir ! Nul doute que ton père en sera vite informé par son réseau d'espionnage, mais ce sera fait, et il saura que c'est nous qui en avons pris l'initiative, et non pas ta mère. Qu'en penses-tu ?

— Tu es vraiment douée, *bellissima* ! Une perle rare.

Dès qu'ils furent arrivés à la Migros, Luca présenta la *signorina* Cusso à Paulina qui tenait le rayon boucherie.

— Vous êtes déjà de retour à Saint-Moritz ? s'enquit-elle.

Sa mère avait dû la mettre au courant de son départ pour Scuol. Pourquoi pas ? Elles se connaissaient depuis si longtemps...

— Seulement pour quelques heures. Pouvez-vous me rendre un service et appeler ma mère pour lui annoncer qu'il y a une promo sur le gigot d'agneau, le plat préféré de mon père ? Dites-lui que ça ne va pas durer et qu'elle ferait bien de venir le plus vite possible.

Paulina s'empressa de téléphoner.

— Votre mère arrive tout de suite, dit-elle à Luca après avoir raccroché.

— Il y a un petit supplément pour vous, Paulina, déclara Luca en lui payant le gigot.

L'employée l'empaqueta et le lui tendit avec un grand sourire.

— Si vous avez besoin d'un peu d'intimité après son arrivée, il vous suffit de vous rendre à l'arrière du magasin. Vous voyez où c'est.

Bella avait compris la manœuvre.

— Tu commences à comprendre pourquoi j'aspire tant à vivre une vie ordinaire ?

— Pour pouvoir commettre un meurtre en toute impunité ?

— Oui, c'est cela, répondit-elle avec un sourire provocant qui fit regretter à Luca qu'il y ait tant de monde autour d'eux. Eh bien, puisque nous sommes là, je vais en profiter pour faire quelques courses. Comme ça, nous pourrons rentrer directement chez nous sans avoir besoin de nous arrêter pour acheter de quoi manger.

— Je vais t'aider.

Dix minutes plus tard, il aperçut sa mère dans la queue de la boucherie.

— Maman ! s'écria-t-il en l'embrassant sur la joue.

— Oh ! Luca ! s'exclama-t-elle, surprise et ravie.

— Suis-moi à l'arrière du magasin. Ton gigot t'y attend, en compagnie d'une personne qui meurt d'envie de te connaître depuis des années.

— Bella ? souffla-t-elle.

Ils se hâtèrent de sortir du supermarché par la porte de derrière. Les deux femmes tombèrent dans les bras l'une de l'autre, et Luca se sentit heureux comme il l'avait rarement été dans sa vie de les voir rire et pleurer à la fois. Il resta à l'écart, silencieux tandis qu'elles bavardaient à qui mieux mieux. Au bout d'un quart d'heure, il tapota le bras de sa mère.

— Si tu restes là plus longtemps, papa va s'inquiéter de ce qui te retient.

— Eh bien, qu'il s'inquiète. Moi, j'ai envie de connaître enfin ma future belle-fille, comme j'aurais dû le faire depuis des années.

— Tu as raison, mais maintenant, mieux vaut que tu rentres.

De nouveau, ils s'étreignirent, puis sa mère retraversa le magasin vers l'entrée.

Il se tourna alors vers sa fiancée dont les yeux violets ruisselaient de larmes.

— Elle est merveilleuse, balbutia-t-elle.

— Comme toi.

— Et nous t'aimons tellement, toutes les deux.

De retour à Scuol, Bella fit des pâtes comme il les aimait. Après avoir mangé et bu un verre de vin, il se leva précipitamment.

— À présent, je vais rentrer chez moi, tu sais pourquoi. Je t'appellerai plus tard. Merci pour ce délicieux dîner. Merci aussi d'être comme tu es.

Heureusement, le jour de leur mariage approchait, car il avait de plus en plus de mal à se plier à la règle qu'il s'était fixée à lui-même. Bella le savait, et elle ne protesta pas en le voyant se diriger vers la porte.

Au moment où il allait sortir, Vincenzo appela sa sœur, qui enclencha le haut-parleur de son téléphone.

— Vincenzo ?

— Bella, où étais-tu ?

— À Glarus. On vient de poser une prothèse de la jambe à l'un des enfants pris en charge par mon ONG. Luca et moi venons juste de rentrer chez nous.

— Je regrette, mais j'ai de mauvaises nouvelles. L'état de *nonna* Cusso s'est dégradé, et elle a dû retourner en soins intensifs. Le médecin est très inquiet. Maman est partie à Innsbruck prendre un avion pour la Sardaigne. Francesca et moi sommes restés au palais avec les grands-parents dans l'attente de nouvelles fraîches.

Luca prit Bella par la taille et la serra dans ses bras.

— Tu as bien fait, dit-elle. Luca et moi, nous serons auprès de vous dans quelques minutes. Merci d'avoir appelé.

Elle raccrocha, les larmes aux yeux.

— Oh ! Luca ! Ça devait arriver, mais on n'est jamais prêt.

— À son âge, une pneumonie, c'est délicat. Je suis désolé.

Ils débarrassèrent la table rapidement avant de partir pour le palais.

— Nous pouvons nous envoler pour la Sardaigne dès demain de très bonne heure, *bellissima*.

— J'aurais dû rester là-bas, avec elle.

— Tu ne pouvais pas prévoir qu'elle allait rechuter, et Hasper comptait sur ta présence. N'oublie pas que, grâce à toi, l'ONG a pu lui offrir une jambe neuve et tous les soins dont il aura besoin. Tu as vu comment sa mère t'a regardée quand elle t'a remerciée ? Sans toi, rien n'aurait été possible.

Leurs yeux se croisèrent.

— Et toi, tu as lu toute cette admiration dans son regard quand il a demandé si tu resterais pour assister à l'opération ? Tu es devenu à jamais son idole.

— Son idole, c'est plutôt son père, et c'est bien naturel. Je ne peux pas m'empêcher d'imaginer comment sera notre enfant à nous.

— J'y pense aussi. J'ai hâte de fonder une famille, mais pour l'instant, je me fais beaucoup de souci pour *nonna*.

— Ne soyons pas trop pessimistes.

Sauf que, en tant que médecin, Luca se disait que cette fois-ci la vieille dame avait peu de chances de s'en tirer. Elle était sans doute sortie trop tôt de l'hôpital.

Durant tout le trajet vers le palais, Bella garda la main crispée sur son bras. Lorsqu'ils y arrivèrent vers 21 heures, Vincenzo les attendait perron.

Bella se jeta dans les bras de son frère.

— Je vais rentrer chez moi et préparer ma valise au cas où nous partirions en Sardaigne à la première heure, dit Luca en lui tapotant l'épaule.

Après l'avoir embrassée tendrement, il se hâta de partir.

— D'un côté, murmura Bella en se tournant vers son frère, je suis heureuse que nous soyons seuls. Je vais te révéler un secret, mais peut-être es-tu déjà au courant. Sinon, tu vas être stupéfait.

Il la fixa d'un air inquiet.

— Qu'est-ce que c'est encore que cette histoire ?

— Luca l'a apprise de sa mère. Que sais-tu de notre arrière-arrière-grand-père Filipo Baldasseri ?

— Il était roi, et il est mort d'une maladie du foie. Sa femme est décédée de la grippe et son fils Alonzo, notre arrière-grand-père, lui a succédé.

— Et sa fille Elsa, que sais-tu d'elle ?

— Elle ne s'est jamais mariée, répondit Vincenzo après avoir réfléchi. Elle est morte de la tuberculose dans le sanatorium où elle était soignée.

— Tu m'as dit toute la vérité ? Tu ne sais rien de plus ?

— Je te le jure ! Que se passe-t-il ?

Bella lui conta ce qu'elle avait appris sur l'arrière-grand-père de Luca et sur la tragédie qui avait mis fin à sa carrière.

— Pauvre Elsa et pauvre Basil ! commenta Vincenzo en hochant la tête.

— Oui, c'est d'autant plus horrible que, par cette opération, il avait vainement tenté de la guérir de sa cécité.

— Ce qui explique la haine que le père de Luca a toujours ressentie à mon égard.

— Et au mien aussi, ajouta Bella. Pourquoi crois-tu que le roi a prétendu que sa fille avait la tuberculose ?

— Sans doute parce qu'il pensait qu'elle serait mieux dans un sanatorium. N'oublie pas que sa femme était morte l'année précédente.

— J'aime mieux ne plus penser à tout ça. Elsa était aveugle, mais elle n'avait pas besoin de vivre en institution. Il lui aurait seulement fallu un peu d'amour et d'attention.

— Bella, il nous faut l'admettre, notre arrière-arrière-grand-père a mis fin à la carrière d'un homme honorable sur un coup de colère, parce qu'il lui fallait trouver quelqu'un à blâmer. Comme toi, je comprends maintenant pourquoi le Dr Torriani nous déteste, et je vais essayer de me renseigner à ce sujet. Ne t'inquiète pas, je ne ferai rien qui puisse révéler que c'est par la mère de Luca que nous sommes au courant de cette tragédie.

— Merci.

— Et maintenant, allons nous asseoir dans le salon en attendant l'appel de maman.

Elle sortit son téléphone pour envoyer un texto à Luca.

> Chéri, mon frère ignorait tout de l'histoire de Filipo et d'Elsa. Il est horrifié et va se renseigner sans que ta mère puisse être mise en cause.

À peine l'avait-elle envoyé que son frère reçut de leur mère l'appel qu'ils appréhendaient. Bella téléphona immédiatement à Luca pour lui dire de venir au palais avec une valise. Il arriva très peu de temps après et la prit dans ses bras.

— Vincenzo, dis-moi ce qu'il se passe.

— Maman a passé ces dernières heures avec elle. Elles bavardaient, quand brusquement *nonna* n'a plus rien dit. Le médecin s'est précipité, mais trop tard, elle était décédée. Si cela peut te consoler, elle est morte très paisiblement.

— Tant mieux, murmura Luca. Tes grands-parents sont au courant ?

— Je viens de le leur apprendre. Ils étaient déjà couchés, mais la nouvelle les a ébranlés, c'est certain.

— Et ta pauvre maman... Elle doit se sentir bien seule.

— Oui, et j'ai donc demandé qu'un hélicoptère nous emmène immédiatement à Innsbruck. De là, nous partirons en Sardaigne pour organiser les obsèques, sans doute dans quatre jours, mercredi. Francesca doit travailler lundi et mardi, mais elle nous rejoindra à Cagliari ainsi que Rini et Luna. Lui aussi, il adorait *nonna*.

— Nous l'aimions tous, balbutia Bella en se tournant vers Luca, qui l'attira à lui.

Le plus dur restait à faire.

— Bella... Je ne vais pas t'accompagner en Sardaigne.

— Mais pourquoi ?

— En cette occasion, je ne voudrais pas me montrer intrusif.

— Mais...

— Officiellement, nous ne sommes pas encore mariés, et c'est une affaire de famille. Je sais que ta mère a beaucoup de chagrin, et je ne veux pas que ma présence la gêne. Elle a besoin de vous avoir tous les deux à ses côtés, Vincenzo et toi, rien qu'à elle.

— Je ne peux pas supporter l'idée d'y aller sans toi.

— *Bellissima*, j'ai eu la chance de pouvoir dire au revoir à ta *nonna*. Une fois que nous serons mariés aux yeux de tous, nous ferons tout ensemble, mais pour le moment, il faut nous conformer aux usages.

— J'ai peur, gémit-elle en s'agrippant à lui.

— Pourquoi ?

— Je ne sais pas. J'ai peur que ça se passe mal.

— Que veux-tu qu'il arrive ? Dans une semaine, nous serons mariés.

— Et si un imprévu nous en empêchait ?

— Rien ne pourra nous en empêcher, ma chérie, rien. Et maintenant, viens, je vais t'accompagner jusqu'à l'hélicoptère, avec tes bagages. J'espère que tu pourras te reposer un peu pendant le vol.

— Comment peux-tu penser que je vais me reposer alors que *nonna* est morte et que nous allons être séparés cinq jours et cinq nuits ? On ne va plus se voir jusqu'à jeudi ! s'écria-t-elle.

— Bella, qu'est-ce qu'il t'arrive ?

— Si nous ne pouvons pas vivre ensemble, j'en mourrai !

— Mais non ! Sois raisonnable. Encore cinq jours, et jamais plus nous ne serons séparés.

— On n'en est pas encore vraiment sûrs.

— Au bout de dix ans, nous nous sommes enfin retrouvés, par miracle. Je crois en nous. Jeudi, quand tu descendras de l'hélicoptère, je serai là pour t'accueillir et te serrer dans mes bras.

— Et ton travail ?

— Mes vacances commencent justement jeudi. Nous aurons dix jours pour profiter de notre lune de miel.

— Tu as une idée de l'endroit où nous pourrions aller ?

— Oui, mais tu le sauras après la cérémonie.

— Tu es si solide, si décidé...

— C'est grâce à ton amour. Je suis l'homme le plus chanceux du monde. Et maintenant, va vite prendre ton hélicoptère, *mia amata*.

10

Le mercredi suivant, tard dans la soirée, Luca allait téléphoner à Bella, quand il reçut un appel inattendu de Vincenzo.

— Salut, mon pote. Je suis surpris que tu m'appelles si tard.

— Ça ne pouvait pas attendre.

— Que se passe-t-il ? s'enquit Luca, un peu inquiet.

— Une nouvelle fantastique au milieu de cet océan de tristesse. Je ne sais pas ce qu'en pensera ton père, mais mon grand-oncle Leonardo est franchement un type super.

— Pourquoi ?

— Tu sais que mon cousin Rini est vraiment un frère pour moi, comme toi. Je lui ai dévoilé le secret que ta mère t'a révélé, il a fait des recherches aux archives de Scuol, et il y a découvert le journal de Basil qui contient les notes qu'il a prises au sujet de l'opération d'Elsa. Elles prouvent qu'il a fait tout ce qui était possible pour qu'elle recouvre la vue, compte tenu de l'avancement de l'ophtalmologie à cette époque, mais que le roi Filipo n'a rien voulu savoir. Rini a été si écœuré de l'injustice subie par Basil qu'il a pris le journal pour aller le montrer à son grand-père. Ils l'ont étudié tous les deux ensemble, et quand le roi a eu la preuve en main, il s'est mis à pleurer. Il a déjà exprimé des excuses publiques devant le parlement de San Vitano pour les dommages causés par son ancêtre au Dr Basil Torriani et à toute sa famille. Il a même été jusqu'à envoyer une lettre au conseil de l'Ordre, à Innsbruck pour retracer cette erreur judiciaire. Enfin, il a rédigé une lettre d'excuses à toute votre famille qu'il va faire transmettre à ton père. Elle lui sera remise en mains propres par le messager personnel du roi Leonardo.

Luca s'assit au bord de son lit, absolument stupéfait.

— Le roi a également promis de payer des réparations aux descendants Torriani en vie pour cette atteinte à leur réputation. Je ne sais pas si ton père jugera ces mesures suffisantes pour réparer tout le préjudice causé à votre famille, mais c'est un premier pas dans la bonne direction.

— Un premier pas dans la bonne direction ? balbutia Luca, abasourdi, au bord des larmes. Mais c'est un miracle que toi seul pouvais provoquer ! Aucun autre homme sur la terre n'a un ami aussi merveilleux que toi !

Dès qu'il eut raccroché, il appela Bella.

— J'attendais ton appel. Je t'aime, et j'ai tellement envie de te voir !

— Notre longue attente va bientôt prendre fin. Et puis, j'ai une nouvelle absolument incroyable à t'annoncer, *mia principessa*.

— Tu as l'air bouleversé. Dis-moi vite de quoi il s'agit.

— Oui, mais toi, tu as tout autre chose en tête : tu viens de perdre ta grand-mère que tu adorais.

— C'était prévisible. Je ne voulais pas l'admettre, mais elle toussait tellement lors de notre dernier échange téléphonique... Et toi, que se passe-t-il pour que tu sois si ému ?

— Ton frère est un saint. Il vient de m'appeler pour me dire ce qu'il a fait, et je ne pourrai jamais lui en être assez reconnaissant. Mais à l'entendre, le plus grand plaisir que je puisse lui faire, c'est d'épouser son adorable sœur.

— Il ne peut pas dire le contraire. Mais enfin, mets-moi au courant !

En quelques phrases, il lui rapporta ce que lui avait révélé Vincenzo.

— Je n'arrive pas à croire qu'il ait appelé votre cousin Rini pour qu'il l'aide à découvrir la vérité concernant Basil, conclut-il. Deux hommes remarquables que j'ai l'honneur d'appeler mes amis.

— Vincenzo est resté ton ami toute sa vie, répondit Bella d'une voix enrouée par l'émotion. Il aurait fait n'importe quoi pour toi, et moi aussi dès l'instant où mes yeux se sont posés sur toi. J'admire Rini, et également mon grand-oncle Leonardo d'avoir eu le courage de faire ce qu'il a fait.

— Il est extraordinaire, acquiesça Luca. J'espère que, après tant de générosité et d'esprit de justice, ma famille réussira à surmonter sa colère et sa douleur.

— Dès mon retour de Sardaigne, nous rendrons visite à tes parents, et nous verrons bien alors comment réagira ton père après avoir reçu la lettre du roi.

— À demain, Bella. Je vis dans l'attente de ce moment.

11

Le jeudi matin suivant, comme prévu, Bella monta dans l'avion qui devait la ramener de Cagliari à Innsbruck.

Les obsèques de sa grand-mère avaient été magnifiques. Sa mère avait pris en charge la maison de Caderina et réglé tous les problèmes matériels avec une grâce et une efficacité très aristocratiques. Vincenzo et elle avaient été surpris de la trouver si forte dans cette épreuve, malgré l'absence de leur père qui ajoutait encore à sa douleur. Quand ils lui avaient proposé de l'aider, elle leur avait répondu qu'elle préférait tout assumer elle-même. Alors, ils s'étaient simplement tenus à ses côtés pour la réconforter quand elle le leur permettait.

Quand Rini était arrivé avec Luna et Francesca, elle les avait accueillis gentiment, tout en donnant l'impression d'être coupée de la réalité du monde et profondément changée.

Le jeudi matin avant de monter dans l'avion, Bella avait avoué à Luca que sa mère l'inquiétait, qu'elle se comportait de façon étrange.

— Je ne la reconnais plus. Elle me regarde avec une expression vraiment bizarre.

— Elle doit être sous le choc. Mais une fois qu'elle aura traversé cette épreuve, elle sera de nouveau elle-même, avait répondu Luca pour l'apaiser.

— J'espère que tu as raison, mais jamais je ne l'ai vue dans cet état.

— Il faut lui donner du temps.

— Et toi, Luca ? As-tu averti ta mère de ce que le roi avait fait ?

— Bien sûr. Elle en a été tellement heureuse qu'elle en a eu le souffle coupé et qu'elle s'est trouvée incapable de s'exprimer.

— Et ton père ? J'ai peur de te poser la question.

— Je vais partir pour Saint-Moritz, mais je serai de retour à Scuol à midi. Maman m'a dit qu'il avait reçu hier la lettre des mains du messager du roi et qu'il s'était retiré immédiatement dans son bureau pour la lire. Il n'y a fait aucune allusion, et pour tout dire, depuis, il ne lui a pratiquement pas adressé la parole. D'après elle, il ne cesse d'arpenter la pièce dans tous les sens.

— Sans doute est-il sous le choc, lui aussi. Oh ! Luca ! J'ai tellement hâte d'être de nouveau avec toi. J'ai terriblement besoin de toi.

— Tu n'as plus longtemps à attendre. Avant la fin de la journée, nous serons réunis, dit-il avant de raccrocher.

Il était en train de se préparer à manger dans la cuisine lorsque le téléphone se remit à sonner. C'était sa mère.

— Maman ? Je vais partir dans très peu de temps pour Saint-Moritz.

— Je suis vraiment heureuse que tu viennes, *figlio mio*. Ta présence ici est nécessaire.

Jamais elle n'avait eu l'air aussi inquiète.

— Pourquoi ? Tu es malade ?

— Non, mais hier, ton père s'est enfermé à clé dans son bureau, où il a passé toute la nuit. Il refuse de manger et ne me répond pas quand je lui parle.

— Je pars à l'instant. Je serai chez vous dans une heure.

Il se précipita vers sa voiture et prit la route.

Le roi de San Vitano avait fait tout son possible pour réparer la cruauté dont son ancêtre s'était rendu coupable envers Basil et leur famille. C'était incompréhensible que son père, tout fier et entêté qu'il soit, refuse de parler à sa mère après avoir reçu cette lettre qui était une véritable bénédiction pour leur famille.

Arrivé à Saint Moritz, il se précipita chez ses parents où sa mère l'attendait. Elle se jeta dans ses bras en pleurant, et tous deux traversèrent la maison en direction du bureau.

— Papa ? Je viens d'arriver, et je voudrais te parler. Ouvre la porte, s'il te plaît.

— *Va-t'en !* hurla son père.

Jamais Luca ne l'avait vu dans un tel état. Il ne se contrôlait plus.

— Papa, il faut que nous parlions, dit-il après avoir échangé un regard inquiet avec sa mère.

— Tout ça, c'est la faute de ton ami Vincenzo ! De quoi s'est-il mêlé ? Si tu t'imagines que cette lettre du roi Leonardo va changer quoi que ce soit, tu te trompes lourdement ! C'est bien typique de cette famille d'essayer d'effacer la tragédie qu'a vécue Basil par de l'argent et des mots dénués de sens. Encore une fois, les Baldasseri entent d'obtenir ce qu'ils veulent par la force, sans se soucier des autres. Si tu oses épouser cette princesse, nous te renierons, ta mère et moi, tu m'entends ? Pour nous, ce sera comme si tu n'existais plus.

Son père semblait avoir complètement perdu la tête.

Sa mère lui prit la main et la serra, les yeux pleins de larmes.

— Pas moyen de lui faire entendre raison pour le moment.

— Je vois. Maman, tu vas rentrer avec moi à Scuol pour le week-end. Fais ta valise, et nous partons.

— Impossible, Luca. C'est mon mari.

Elle était noble et loyale mais, si elle restait avec lui dans l'état où il était, elle y laisserait sa santé.

— Il va trop loin, maman. Viens avec moi, il verra comment il se sentira quand il se retrouvera seul, privé de la femme de sa vie.

— Oh ! Luca ! Je n'arrive pas à comprendre comment on en est arrivés là.

— Moi, je le comprends très bien, et je trouve son comportement envers toi inadmissible.

— Je n'aurais pas dû t'appeler.

— Bien sûr que si, et je serai toujours à tes côtés, maman.

— Je sais. Je suis désolée qu'il ait tant de difficulté à accepter l'inévitable.

— Maman, j'ai peur que si je me marie avec Bella, il ne t'en rende responsable, dit Luca en arpentant le salon. Mais je l'en empêcherai. Je ne veux pas que tu te sacrifies pour le reste de ta vie. Je connais Bella, et je suis certain qu'elle te demandera de venir vivre avec nous. Nous te trouverons un appartement à toi à Scuol. Un moment, j'ai cru que tout allait s'arranger, mais maintenant je n'en suis plus si sûr. Papa va se retrouver seul, et ce sera sa faute.

— Luca ! Je crois sincèrement qu'il finira par se calmer. Ton père est un brave homme.

— Je n'en sais rien. Il va peut-être s'apaiser, mais je ne laisserai pas sa colère tout gâcher. Je vais t'aider à faire ta valise pour que nous soyons à Scuol quand l'hélicoptère de Bella atterrira.

— Mais ton père n'était pas comme ça, avant.

— Sans doute, mais la situation a changé. Je t'aime trop pour supporter qu'il te punisse pour un acte que j'ai commis. S'il pense qu'il va m'empêcher de me marier, il se trompe !

Une heure plus tard, ils étaient prêts.

Luca alla frapper à la porte du bureau.

— Je pars, papa, et j'emmène maman. Bella et moi, nous allons nous occuper d'elle.

— Je vous l'interdis !

— Interdis-nous tout ce que tu veux. Si seulement tu comprenais la chance que tu as... Tu as épousé la femme de tes rêves, un ange qui continue de t'aimer malgré tes colères et ton caractère épouvantable. Eh bien, c'est terminé.

Ils montèrent dans sa voiture et roulèrent vers Scuol, s'arrêtant en route pour prendre une collation. Mais ils atteignirent l'appartement plus tard que Luca ne l'avait espéré. Après y avoir installé sa mère, il envoya un texto à Vincenzo pour lui annoncer un changement dans leur projet.

Il y a eu un problème que je t'expliquerai ultérieurement. Je ne peux pas parler pour le moment à Bella, et je ne serai pas à l'héliport quand vous atterrirez dans une demi-heure. Reste avec elle, s'il te plaît. Je te rappelle bientôt.

— Je ne vois pas la voiture de Luca, s'étonna Bella dès qu'ils eurent atterri sur l'héliport du palais et que sa mère fut entrée dans le bâtiment en compagnie de Francesca.

Vincenzo la prit par les épaules.

— Il vient de m'envoyer un texto. Il a eu une urgence et va rappeler dans un petit moment.

— Je ne comprends pas.

— N'oublie pas qu'il est médecin.

— Je sais, mais...

— Viens, entrons. Maman m'a dit qu'elle voulait te parler. Puisque Luca n'est pas encore arrivé, profitez-en.

— Pendant qu'on était en Sardaigne, elle ne m'a rien dit, et maintenant, elle a envie qu'on se parle ? Je n'en peux plus ! Je vais entrer me changer, et dès que j'aurai fini, je prends ma voiture pour aller attendre Luca à son bureau.

Elle se précipita dans sa chambre. Après s'être rapidement douchée et lavé les cheveux, elle les sécha sans les attacher avant d'enfiler un pantalon blanc et une blouse de soie lavande. Une touche de rouge à lèvres, et elle fut prête.

Mais, quand elle ouvrit la porte, elle se trouva nez à nez avec sa mère qui la contempla avec une lueur étrange dans le regard.

— Maman, je ne peux pas rester, mais je reviendrai discuter avec toi.

— Tu ne peux pas partir avant d'avoir entendu ce que j'ai à te dire, répondit sa mère, les yeux embués de larmes.

— Mais je connais déjà toute l'histoire !

— Non. Ce que j'ai à te dire, je ne l'ai appris que quelques heures avant la mort de ta grand-mère. Allons dans ta chambre, c'est absolument confidentiel.

— Je ne peux pas, il faut que j'aille retrouver Luca.

— Oui, et quand tu le verras, dis-lui que je ne m'oppose plus du tout à votre mariage. Luca est un homme merveilleux, jamais je n'aurais dû essayer de vous éloigner l'un de l'autre. Je pensais que je me comportais en bonne mère en te guidant vers le destin qui t'était réservé. Mais maintenant, j'ai compris que je me trompais.

Bella poussa un cri d'étonnement.

Il y avait clairement quelque chose qui n'allait pas chez sa mère.

— Pour la première fois, grâce à *nonna* Caderina, j'ai vraiment compris la situation, reprit celle-ci. Elle m'a parlé du fond du cœur et m'a expliqué que j'avais tort de vouloir t'imposer ma volonté. Ma mère aimait beaucoup Luca, elle devinait en lui les qualités d'un vrai prince. Moi, j'ai été aveuglée par mes aspirations et mon entêtement. Ton père faisait semblant de m'approuver, mais je devine qu'il a toujours apprécié Luca et désiré que vous vous mariiez. Maman m'a fait comprendre que je n'avais pas le droit de régenter ta vie. Notre longue conversation a été pour moi une révélation qui a transformé ma vision des choses. Et je désire plus que tout au monde que ton mariage ait lieu ici même, dans notre église paroissiale.

— Tu... Tu es vraiment sérieuse ?

— Oui. Juste avant la mort de ta *nonna*, je lui ai promis que je parlerai au père Denis pour lui demander de vous marier, en présence de vos familles et de tous vos amis. C'est fait. La cérémonie pourra avoir lieu samedi prochain à 10 heures.

Bella était figée sur place.

— Que t'est-il arrivé, maman ? Je sais que la mort de *nonna* t'a bouleversée, mais je ne comprends pas ce qui a pu se passer.

— Crois-moi, ma chérie, jamais je ne me pardonnerai ce que je vous ai fait après l'avalanche. J'ai toujours su que Luca te rendait heureuse, mais cela me déplaisait parce que, rigide comme je le suis, j'avais d'autres projets pour toi. Il ne me reste plus qu'à espérer que tu me pardonneras un jour et que Luca et toi me permettrez de participer à votre vie. Je te demande encore pardon.

Très émue, Bella prit sa mère dans ses bras et fondit en larmes en se rappelant les derniers mots qu'elle avait échangés avec *nonna* : « Tout va bien se terminer entre Luca et toi. »

Quelle grande âme, et quelle perspicacité ! S'ils avaient un jour une fille, ils l'appelleraient Caderina.

Quand elle quitta sa mère, elle téléphona à Luca, le cœur

en fête, mais elle tomba sur sa boîte vocale. Paniquée, elle sauta dans sa voiture pour aller à son bureau, où elle apprit qu'il n'était pas venu travailler en raison d'une urgence. Elle joignit alors l'hôpital, où on ne put pas la renseigner non plus. Vincenzo, interrogé, lui jura qu'il ne savait rien de plus que le texto que lui avait envoyé Luca.

Ce silence renforçait encore sa prémonition première : il était arrivé quelque chose de terrible.

Elle se hâta de rentrer chez elle, mais la voiture de Luca n'était pas sur le parking. Désespérée, elle appela la mère de son fiancé, à Saint-Moritz, mais elle tomba sur sa messagerie.

Cette impossibilité de joindre Luca la ramenait au moment où elle avait vainement tenté de le joindre après l'avalanche. En mille fois pire.

Soudain, il lui vint à l'esprit que sa disparition avait quelque chose à voir avec le comportement intolérable de son père. Son instinct lui disait que s'il était allé à Saint-Moritz, c'était pour l'affronter, et elle savait donc exactement où le trouver. Ensemble, ils sauraient faire face à ce vieil aigri dont le fils était pourtant l'homme le plus merveilleux du monde.

Cinquante minutes plus tard, elle se garait devant la maison des Torriani à Saint-Moritz.

La voiture de Luca n'était pas sur le parking, mais c'était sans importance, elle saurait forcer son père à lui dire où il était.

Elle sonna au moins une demi douzaine de fois avant que la porte finisse par s'ouvrir. Enfin, elle se trouva devant l'homme qui avait saccagé leurs vies.

— Je cherche Luca, dit-elle. Savez-vous où il se trouve ? Il était censé venir me chercher à ma descente d'hélicoptère, mais mon frère a reçu de lui un texto où il l'avertissait qu'il avait une urgence. Savez-vous de quoi il s'agit ?

Le Dr Torriani la fixa, la main sur la poignée de la porte, l'air absent. Il lui rappelait sa mère durant leur séjour en Sardaigne.

— Cela fait des heures qu'il est parti d'ici, et je n'ai aucune idée de l'endroit où il se trouve.

— Votre épouse est-elle ici ?

— Non.

— Je vois. À toutes fins utiles, je vous annonce que ma mère, elle, a changé d'avis. Le père Denis nous mariera samedi prochain à 10 heures, Luca et moi, que vous le vouliez ou non. Vous êtes seul en mesure de restaurer votre relation avec votre fils qui vous a toujours aimé et vous aimera toujours. Moi-même, j'aurais voulu pouvoir vous estimer. Après tout, votre femme et vous, vous l'avez fait naître, et c'est grâce à votre éducation qu'il est devenu une personne aussi remarquable. Tous les pères aimeraient avoir un fils aussi merveilleux. C'est bien triste que vous n'ayez pas conscience de tout ce qu'il apporte aux autres. Moi, jamais je ne cesserai de l'aimer.

Elle tourna les talons et réussit à ne pas fondre en larmes avant d'avoir atteint sa voiture.

À ce moment-là, son téléphone sonna, et le visage de Luca apparut sur l'écran.

— Oh ! mon amour, ne pleure pas ! Excuse-moi de ne pas avoir été là lorsque tu as atterri. J'ai des tas de nouvelles à t'apprendre. Maman est ici, chez nous. Mon père est devenu fou, et je me suis senti obligé de la ramener ici.

— La pauvre chérie ! Quand j'ai vu que tu n'étais pas à l'héliport, j'ai su qu'il s'était passé quelque chose d'affreux entre ton père et toi.

— Maman m'a téléphoné très tôt ce matin pour me dire de venir le plus vite possible à Saint-Moritz, et je me suis précipité là-bas. Papa s'était enfermé dans son bureau, il m'a crié à travers la porte que pour lui, la lettre du roi Leonardo n'avait aucun sens. Il a reproché à Vincenzo de m'en avoir parlé. Pire, il a prétendu que si nous nous mariions, ma mère et lui me renieraient.

— Oh ! non...

— Mais si. Je savais qu'il tenait ma mère pour responsable de notre décision parce qu'elle nous avait donné sa bénédiction. J'ai réussi à la convaincre de venir avec moi, mais elle a mis du temps à faire ses bagages et quand j'ai compris que nous n'arriverions pas à temps pour vous accueillir, j'ai envoyé un SMS à Vincenzo pour l'avertir de ce retard.

— Je savais qu'il était arrivé quelque chose, et comme je n'ai pas réussi à te retrouver, j'ai décidé d'aller jusqu'à Saint Moritz.

— Tu plaisantes ?

— Non ! J'ai vu ton père qui avait l'air aussi hébété que ma mère en Sardaigne. Il m'a dit qu'il était seul. Maintenant, je comprends pourquoi. Je lui ai alors appris une nouvelle qui a fini de le déstabiliser.

— Laquelle ?

— Grâce à ce que lui a dit *nonna* juste avant de mourir, ma mère a complètement changé d'attitude. Elle m'a demandé pardon, et elle est d'accord pour que nous nous mariions dès que possible. Elle n'est plus la même, Luca. Lorsque tu la verras, tu n'en croiras pas tes yeux ni tes oreilles.

— Je rêve...

— Non, et je ne souhaite plus qu'une chose, que ton père change lui aussi. Je lui ai répété que tu l'aimais, que moi aussi je voudrais pouvoir l'aimer et que le père Denis allait nous marier à Scuol samedi à 10 heures.

Tandis que sa mère se reposait dans la chambre d'amis, Luca, qui guettait à la fenêtre, aperçut la voiture de sa fiancée. Il se précipita, arracha littéralement Bella à son siège et la serra contre lui. Ils échangèrent de longs baisers passionnés après cette interminable séparation de cinq jours.

L'amour de Bella le lavait de tout, comme une vague énorme.

— Tu m'as tellement manqué, balbutia-t-il, que certaines nuits, j'aurais préféré...

— Mourir ? coupa-t-elle. Moi, c'était comme ça toutes les nuits. Quand je ne t'ai pas vu en sortant de l'hélicoptère, j'ai cru que mon pire cauchemar se réalisait.

Il la prit par les épaules pour la regarder.

— Grâce au changement de ta mère, je ne vois plus du tout notre vie de la même façon. Je suis fou de joie.

— Moi aussi, Luca. Peut-être avec le temps ton père va-t-il retrouver la raison ? Je suis ravie que ta mère soit ici avec nous. Je l'adore. Il faut qu'elle s'installe définitivement à Scuol.

— Rentrons, lança-t-il en la prenant par la taille. Nous allons discuter de nos projets avec elle.

— En définitive, déclara Bella, nous ne nous marierons pas avec les lièvres pour témoins. Il faut aussi que tu appelles Vincenzo. Jamais nous ne pourrons assez le remercier pour tout ce qu'il a fait.

— Nous irons là-bas pour fêter notre premier anniversaire. Qu'en penses-tu ? demanda-t-il en l'entraînant vers un canapé où il se mit à l'embrasser avec passion, oubliant sa mère.

Il faillit même oublier qu'ils n'étaient pas encore mariés.

— Dans deux nuits, tu seras enfin à moi, souffla-t-il en relevant la tête.

— Je suis à toi depuis que j'ai huit ans, répondit-elle en souriant. Qu'est-ce que ça te fait de tenir entre tes bras une femme très ordinaire ?

Du bout de l'index, il traça le contour de ses lèvres.

— Princesse ou pas, jamais je ne t'ai trouvée ordinaire, et plus jamais ce titre n'aura la moindre importance pour nous.

— Bella, Luca ?

En entendant la voix de la mère de Luca, ils se redressèrent brusquement. En les voyant, elle se mit à rire comme il ne l'avait jamais encore entendue rire auparavant.

— Désolée de cette intrusion.

— Mais non, je suis ravie que vous soyez là, s'écria Bella en s'avançant pour la serrer dans ses bras. Luca m'a tout raconté. Peut-être votre mari finira-t-il par changer d'avis.

— Je le souhaite de tout mon cœur.

— Comme nous tous.

— Bella est allée me chercher jusqu'à Saint-Moritz en voiture. Papa a répondu à son coup de sonnette, toujours aussi entêté et inabordable, mais ne laissons pas ce problème gâcher notre bonheur. Maman, viens t'asseoir près de nous.

Entendre Bella raconter le changement qui s'était opéré chez sa mère enchanta la sienne.

— Je suis ravie. J'ai tellement hâte de vous voir enfin mariés samedi !

— Et papa ?

— Tout à l'heure, j'ai pu parler au téléphone avec la mère de Bella. Au fond, ni elle ni moi ne nous faisons trop de souci à ce sujet. S'il vient, tant mieux, s'il ne vient pas, tant pis. On s'est trouvées absolument d'accord sur un point : les hommes sont souvent impossibles.

Bella et Luca se regardèrent, incrédules, avant d'éclater de rire.

— Attends ! Tu as parlé à la mère de Bella ?

— Bien sûr. Le garde du corps de Bella lui a dit où nous étions, et elle m'a appelée pour me demander pardon. Je lui ai dit que je n'avais rien à lui pardonner. Une mère essaye toujours de faire tout ce qu'elle peut pour son enfant, et ça finit en général par marcher. Nous aimerions bien toutes les deux avoir des petits-enfants, et nous comprenons que vous ayez envie de vous marier le plus vite possible. D'autres questions ?

12

Le jeudi et le vendredi suivants passèrent comme l'éclair dans la folie des préparatifs du mariage. Bella avait demandé à Constanza et à Luna d'être ses demoiselles d'honneur. Constanza viendrait à Scuol un peu plus tôt pour l'aider à choisir sa robe de mariée. Elles se décidèrent pour un long fourreau de soie blanche sans traîne – surtout pas une toilette de princesse.

Luca invita quelques collègues de Saint-Moritz et de Scuol. Vincenzo l'accompagna pour l'aider à choisir un costume et à s'occuper des fleurs. Le samedi matin, ce fut lui qui emmena Bella et leur mère à l'église de leur paroisse, décorée d'une multitude de fleurs et de cierges parfumés.

À la grande joie de tous, Luna et Rini arrivèrent très tôt. Ce dernier, qui avait été très proche du père de Bella, conduirait la future mariée à l'autel.

Petit à petit, la famille et les amis emplissaient l'église. Les grands-parents de Bella étaient là, ainsi que la famille Visconti venue de Berne, y compris le frère de Francesca, Rolf, et sa fiancée Gina.

Bella, qui attendait dans la sacristie, fut ravie de voir le patron de Francesca, le Dr Zoller et sa femme, entrer dans l'église. Deux autres personnes avec qui elle avait souvent travaillé dans le cadre de son ONG étaient là aussi. Tous ceux qu'elle aimait étaient désormais présents. Il ne manquait qu'une personne, mais elle ne laisserait pas cette défection lui gâcher cette belle journée où elle allait enfin devenir la femme de Luca.

À la dernière minute, Vincenzo entra dans la petite pièce, tenant le bouquet de la mariée.

— Bella, tu es divine, incandescente. J'espère que Luca pourra supporter pareil éclat sans s'enflammer à ton contact.

— Je t'adore, répondit-elle en l'embrassant sur la joue.

— Tu as dû batailler longtemps, mais aujourd'hui, c'est terminé, et une nouvelle vie heureuse commence. Si deux êtres étaient faits l'un pour l'autre...

— Comme Francesca et toi.

— Rini t'attend dehors, répondit-il en la serrant dans ses bras.

— Il a été formidable. Grâce à lui, une terrible erreur a pu être corrigée.

— Il est super. Luca aussi, évidemment, mais je n'ai pas besoin de te le rappeler.

— Non. Mais si tu n'avais pas eu pour meilleur ami Luca Torriani, jamais je ne l'aurais rencontré. Je ne peux même pas imaginer ma vie sans ...

Elle s'arrêta, le souffle court.

— N'en dis pas plus. Je te comprends parfaitement, chuchota-t-il en l'embrassant sur la joue avant de quitter la pièce.

Elle prit son bouquet de roses et de gardénias et sortit rejoindre Rini, très élégant dans un costume bleu marine.

— Ma chère cousine, le Dr Torriani a beaucoup de chance.

— Moi aussi, j'ai de la chance que tu me conduises à l'autel. Jamais nous n'oublierons, Luca et moi, l'immense service que tu nous as rendu en rétablissant la réputation de Basil Torriani. Mon père t'aimait beaucoup. Plus que jamais, je comprends pourquoi. Merci du fond du cœur d'avoir accepté de jouer son rôle aujourd'hui.

— Je suis très heureux de le faire, Bella. Je t'ai toujours considérée plutôt comme une sœur que comme une cousine. Es-tu prête ?

— Pour tout t'avouer, ça fait des années que je suis prête.

— L'orgue commence à jouer, dit-il avec un grand sourire en lui présentant son bras. On y va.

Ce fut alors qu'elle aperçut une silhouette masculine qui se faufilait dans l'église.

Le père de Luca !

Il était donc venu ! Luca n'en croirait pas ses yeux. Elle-même, elle avait du mal à y croire.

Elle s'accrocha au bras de Rini, soudain peu sûre sur ses jambes.

— Tu l'as reconnu ? chuchota-t-elle à Rini.

— En effet. Le miracle que nous attendions s'est donc produit. À toi, Bella.

Elle prit une grande inspiration, et ils entrèrent dans l'église.

Luca, vêtu d'un superbe costume bleu marine, un gardénia à la boutonnière, l'attendait au pied de l'autel en compagnie de Vincenzo.

Elle avait l'impression de flotter sur un nuage. Si on pouvait mourir de trop aimer, elle aurait sûrement été la première victime. Avant de revenir vers elle, le regard de Luca se fixa un instant sur son père qui avançait par le bas-côté pour venir s'asseoir près de sa femme dans la rangée où étaient déjà installés la mère de Bella et ses grands-parents, Alfredo et Talia.

Un moment hors du temps. Un véritable miracle. Le cœur de Bella bondit de joie, à l'unisson avec celui de Luca.

Elle reprit ses esprits en découvrant Luna et Constanza, debout de l'autre côté de l'autel, vêtues de robes ivoire. Le père Denis, qu'elle connaissait depuis des années, se tenait au milieu dans sa chasuble de cérémonie.

Rini la conduisit vers le prêtre, qui l'accueillit en souriant.

— Quel spectacle magnifique ! commença-t-il. Deux esprits remarquables, deux êtres humains exceptionnels que l'amour a guidés vers cette église. Deux familles réputées chacune dans leur domaine qui n'en font désormais plus qu'une en ce jour de gloire ! Luca, approchez et prenez la main de Bella.

Pour la première fois depuis qu'elle était entrée dans l'église, elle croisa l'incroyable regard vert de l'homme de sa vie, et elle y découvrit une lumière qui en avait chassé toutes les ombres.

Sur un signe de tête du père Denis, Bella remit son bouquet à Constanza. Luca prit alors sa main, qu'il serra très fort.

— Mes chers enfants, vous n'avez pas besoin qu'on vous prêche la dévotion ni la constance. Au contraire, votre exemple enseignera à d'autres qu'il ne faut jamais renoncer à aimer ni à espérer. Bella Baldasseri ? Voulez-vous prendre pour époux Luca Torriani, l'honorer dans la maladie comme dans la santé et l'aimer de toute votre volonté et de toutes vos forces ?

— Oui ! s'écria-t-elle.

— Et vous, Luca Torriani ? Voulez-vous prendre cette femme pour épouse, l'honorer dans la maladie comme dans la santé et l'aimer de toute votre volonté et de toutes vos forces ?

— Oui. Et je l'aimerai éternellement.

— Par le pouvoir dont je suis investi, je vous déclare mari et femme. Luca, vous pouvez embrasser votre épouse.

— *Bellissima*, chuchota-t-il avant de poser ses lèvres sur les siennes.

Ce baiser n'était pas comme ceux qu'ils avaient précédemment échangés, il était comme la promesse d'un avenir radieux qu'elle ressentait au plus profond de son être.

— Le Dr Torriani et son épouse recevront les félicitations de leurs parents et amis sur la pelouse, devant le porche de l'église, conclut le prêtre.

Les cloches se mirent soudain à sonner à la volée, retentissant dans toute la ville. Luca et Bella descendirent l'allée, suivis par le cortège des invités. Une fois dehors, Luca se pencha de nouveau vers elle pour l'embrasser.

— Heureusement qu'il n'y a pas de réception, murmura-t-il. J'ai trop hâte d'être seul avec toi.

— Moi aussi, tu le sais bien. Où allons-nous ?

— À la montagne, dans le chalet de ton frère. Nous y passerons la nuit, avant de repartir. Je n'avais aucune envie de commencer notre vie commune par un vol de douze heures.

— Peu m'importe où nous irons, mon amour. Pour moi,

ce qui compte, c'est de me retrouver seule avec toi le plus vite possible, dit-elle avant de l'embrasser une fois encore.

Au même instant, une voix grave retentit à côté d'eux.

— Luca ? Bella ?

Elle tourna la tête et croisa le regard de son beau-père, vert sombre et très pénétrant.

— Je ne peux espérer que l'un ou l'autre vous me pardonniez un jour ce que j'ai dit et fait.

— Tout est pardonné, docteur Torriani, répondit-elle doucement. Votre présence est le plus beau cadeau que nous puissions recevoir. Jamais plus nous ne parlerons de tout cela.

— Vraiment ? insista-t-il, les yeux humides.

— Vraiment, déclara Luca d'une voix enrouée. Papa, je te remercie d'être venu.

Tandis que le père et le fils s'étreignaient, Bella serra dans ses bras la mère de son mari.

— Il a fini par retrouver la raison, lui dit celle-ci. Ça lui a seulement pris plus longtemps qu'à d'autres.

— Je vous adore, chuchota Bella.

Sa mère ne tarda pas à les rejoindre.

— Pardonne-moi, ma chérie. Vous étiez depuis toujours destinés l'un à l'autre, j'ai mis tant de temps à le comprendre.

— C'est oublié, maman. Tu as toujours été pour moi une mère fantastique. J'espère que nous aurons bientôt un bébé qui t'adorera.

— Ce sera ma plus grande joie.

Elles s'embrassèrent avant que n'arrive la foule des autres invités.

Après mille félicitations et embrassades, Luca proclama qu'ils devaient partir. Tout le monde se mit à rire, en particulier le père Denis, qui les observait à distance en compagnie du père Viret. Ils avaient fait tout ce qu'ils avaient pu pour rendre cette cérémonie sans faste royal aussi courte et détendue que possible.

Le crépuscule tombait sur les montagnes, mais Luca avait oublié l'heure. Leur lune de miel avait commencé, il avait fait l'amour à sa femme durant tout l'après-midi, et il aurait bien continué toute la nuit. Mais elle devait avoir faim. Et, à la réflexion, lui aussi.

Francesca et Vincenzo avaient préparé tout ce qu'il fallait dans le chalet pour leur procurer confort et nourriture. Voyant que Bella dormait, il se glissa hors du lit et enfila une robe de chambre. Il ne mit pas longtemps à leur préparer un dîner qu'il disposa sur une table près de leur lit.

Il contempla sa femme endormie, la plus adorable du monde. Ses longs cheveux bouclés s'étalaient sur l'oreiller. Son corps que cachait à peine le drap était un miracle de beauté. Il se félicitait d'avoir tenu la promesse qu'il s'était faite car, après une si longue attente, leurs noces étaient un pur délice. Bella, si généreuse, le comblait et le complétait, elle lui prodiguait un plaisir partagé et sans cesse renouvelé. S'il en résultait un bébé, rien ne le rendrait plus heureux.

Soudain, elle ouvrit les yeux et se redressa sur un coude.

— Où étais-tu parti ?

— Préparer notre dîner. Je peux te servir ?

— Avec plaisir, dit-elle en s'asseyant.

Il alla chercher un plateau qu'il déposa entre eux au milieu du lit avant de s'installer.

— C'est Francesca qui s'est chargée de commander ce repas.

— Des pâtes au poulet et aux scampi ! C'est ce que je préfère. Vincenzo a dû le lui dire.

— Moi aussi, j'adore.

Sans se quitter des yeux, ils dégustèrent le contenu de leurs assiettes.

— Lorsque j'ai vu ton père entrer dans l'église, j'étais encore à l'extérieur avec Rini, dit Bella après avoir avalé une gorgée de vin. J'ai failli m'évanouir.

— Moi aussi, quand je l'ai aperçu en train de remonter l'allée latérale. Maman avait davantage confiance en lui que moi. Elle avait raison.

— C'est parce qu'elle l'aime. Elle le connaît à fond.

— Toi aussi, tu me connais à fond, dit-il en se penchant pour l'embrasser sur la joue.

— Tu as été vraiment surpris quand je t'ai appelé, le lendemain du mariage de Vincenzo ?

— Oui. J'en rêvais, mais après dix ans... Depuis, j'en ai appris beaucoup plus sur toi. Quand tu m'as demandé de t'épouser, sous la tente, et appris que tu avais renoncé à ton titre, j'ai commencé à espérer que notre amour durerait toujours.

— C'est le cas. Je veux que tu ne cesses jamais de m'aimer. La nuit, le jour... Tu as envie d'aller ailleurs pour notre lune de miel ?

— Pas si tu préfères rester ici.

— Tu as déjà deviné que je ne demande pas mieux. Mais toi ? Dis-moi sincèrement ce qui te ferait plaisir.

— Je savais bien que tu préférerais rester, dit-il en reposant le plateau sur la table avant de la reprendre dans ses bras.

Il avait trop envie de sentir ses bras et ses jambes se nouer autour de son corps et l'emprisonner, jusqu'au moment où commencerait le rituel immémorial qui les projetterait au septième ciel.

— Je suis fou de toi, ma femme chérie. *Ti amo !*

Sans cesser de l'embrasser passionnément, il la fit rouler sur lui.

— Tu es si belle qu'il n'y a pas de mots pour te décrire. Aime-moi, Bella, aime-moi toujours, dit-il en lui couvrant le visage et la gorge de baisers. Ces dernières semaines, l'attente a failli me rendre fou. Mais maintenant nous sommes unis pour la vie, et je veux te rendre grâce de tout mon corps jusqu'à la fin des temps.

Vous avez aimé ce roman ?
Retrouvez en numérique l'intégrale des Baldasseri :

1. *La mémoire des sens*
2. *La rivale amoureuse*
3. *Baisers à une princesse*